Hayashi Mariko *Collection 4*

# 嫉妬

林 真理子



ポプラ文庫

嫉妬

もくじ

# 嫉妬

# 四月　エイプリル・フール

すっかり春だと思ったら、みぞれ混《ま》じりの雨が降ったりと、おかしな天気が続きますが、お元気でいらっしゃいますか。

このあいだは、素敵《すてき》なお祝い、ありがとうございました。ものすごく可愛《かわい》いベビー服、うちの息子にはもったいないと主人とも話しております――なーんちゃって、私もすっかり主婦っぽくなってしまったでしょう。

今度の同窓会、もしかするとママはあなたと私だけかと思ってたけどそうでもないみたい。ほら、岡田礼子さん、憶《おぼ》えてるでしょ。あの人も去年の暮れに女の赤ちゃんを生んだんですって。会のことを連絡する時に、たっぷり電話で話しちゃった。彼女が言うには、やっぱり初めての子は二十五歳までに生まなけりゃいけないんですって。私たち、ギリギリのところでよかったわね。

だけど四月一日の同窓会、本当に楽しみ。私、このあいだ村田君から聞いたんだけど、東京に出ている人だけで、十四人もいるんですって。もっと長野に残ってる人がいると思ったけど意外だったわ。

どうして四月一日にするの。エイプリル・フールだと思って来ない人がいるかもしれないわよって、村田君に言ったら、四月一日っていうのは、私たちの高校の入学式なんですって。

昭和五十一年の四月一日、私たちは長野県立篠崎高校に入学したってわけ。あれから十年もたつなんて本当に嘘《うそ》みたいね。だけど現実には、私の横にはチビが寝てるし（この手紙、チビがおとなしくしてる間に必死で書いたの。字が汚くてごめんなさいね）、あなたも人のお母さん。なんだかおかしくって笑っちゃいたいような気分です。

みんなもどんなふうに変わったかしら。本当に本当に同窓会が楽しみよね。ところであなた、尾高裕美の居どころを知ってる？　私はあまり仲よくなかったし、どうしてるかわからないの。

この話、誰にも言わないでほしいんだけど、ついこのあいだ、主人が裏ビデオを会社の人から借りてきたのね。私もちらっと見たんだけど、あそこがアップで映《うつ》ったりしてて本当にびっくりしました。

その女の人の方が、尾高さんにそっくりなの。お化粧も濃かったし髪型も変わっていたけど、尾高さんじゃないかしら。彼女、学生時代から目を細める癖《くせ》があって、男の子たちが色っぽいって騒いでたじゃない。その女の人も、やっぱり目を細くして見るの。十年ぐらいだと、女の顔ってそう変わらないと思うのね。だから私は彼女に間違いないと確信を持ってるんだけどなあ……。

でも、うちの高校は一応名門校だったし、そんな変な人がいるわけないわよね。とにかく私は、あのビデオを見た時に本当にびっくりしちゃった。

でもこんなこと黙っててね。同窓会の幹事なんかに言わないでほしいの。ほら、そうでなくても、私たち女の子はなぜかしら尾高さんをいじめてるようにとられるところがあったじゃない。ちゃんと調べるからお願いよ。

三月九日　　岸井邦子

岩谷初美様

前略
昨夜はごめんなさいね。私の電話で赤ちゃんを起こしちゃったみたい。

私も経験あるけど、赤ん坊をかかえてる時の電話って頭にくるのよね。それを知っていながら、つい焦《あせ》っちゃって電話をかけてしまった私。本当にごめんなさい。これからは手紙にします。

ねぇー、あれホント？　尾高裕美のこと。

裏ビデオに出てたからって、私は驚かないわ。いかにもあの人のやりそうなことじゃない。

私は昔からあの人、大っ嫌《きら》いだった。邦子ちゃんだってそうでしょ。

あの人って絶対に美人じゃなかったけど、男の人を魅《ひ》きつけるっていうのかな、やけに大人っぽいところがあったと思うわ。制服なんかも、どうということないけど、衿《えり》のへんなんかがスッキリしててさあ。

私、うちのダンナに一回話したことあるのね。卒業アルバムも見せたわ。

「いる、いる。こういう女の子、どこの学校にも必ず一人いるんだなあ」

って、ダンナ感心してるの。やっぱり高校時代、こんなコに憧《あこが》れてたことがあるんですって。本当に男ってバカで嫌《いや》になっちゃうわ。

私たちがせいぜい乳液かリップクリームを塗っている頃、あの人ってすごく念入りに肌の手入れしてたのよね。眉《まゆ》も綺麗《きれい》にしちゃってさ。女子高校生なんて、うなじなんてボサボサしてるじゃない。ところがあの人は違うの。ポニーテールしてても、ちゃんと衿足に気をくばっててんのよね。

私、二十五すぎてやっとわかったんだけど、あれじゃ男の子たちがまいっちゃうわけだわ。

私、いまでもよく憶《おぼ》えてんだけれど、クラブで遅くなった時に、自転車置場に一人で歩いていったのね。ほら、近道しようとして、図書館の中庭を通ったの。そこに彼女と渡辺君が立ってたのね。渡辺君は陸上部のユニフォームのまま、二人抱き合ってキスしてたのよ。

いま、キスぐらいは仕方ないとしても、学校でするなんて大胆だと思ったわ。いろんな噂《うわさ》もあったたし、だから私はあの人が何をしてても少しも驚かない。だけど裏ビデオとはねえ。うちのダンナに聞いたら、出てる人たちはカメラの前で本当にセックスしてるんですって。

「お前、見たいんなら借りてきてやろうか」

なんてニヤニヤしてるんだけど、冗談じゃないわ。そんなもの、誰が見るもんですか。私が倉沢洋子さんから聞いた話によると、あの人三年前までは渋谷《しぶや》の会社に勤めてたんだって。

なんでも英語教材を売ってたとこで、そこであの人、秘書みたいなことをしてたんですって。私が思うに、男の人とごたごたを起こしてやめたんじゃないかしら、きっと。そんな気がする。

ねえ、ねえ、その裏ビデオっていうの、まだあなたのうちにあるのかしら。あったら貸してくれない。あなたのうちで見るのも悪いから、洋子さんとか慎子ちゃんを集めてうちで見るわ。ちなみにうちはＶＨＳです。

赤ちゃんが寝てるすきに電話をかけてちょうだい。高島平《たかしまだいら》だったら、地下鉄を乗り換えるだけだから取りに行きます。とりいそぎよろしく。

三月十三日

岩谷初美

岸井邦子様

前略

おとといは岩谷さんと図々《ずうずう》しく押しかけてごめんなさいね。

でも赤ちゃん、すごく可愛《かわい》かったわ。目のあたりがあなたにそっくりね。今度はあんなことじゃなく、ゆっくりと遊びに行かせてもらいます。

あのテープ、その夜さっそく岩谷さんちで見ました。あの人、結構しゃれたマンションに住んでるのよ。なんでもご主人は、広告プロダクションに勤めてるんですって。岩谷さんってもともと、おしゃれで、田舎《いなか》の子にしちゃあかぬけたところがあったから、そういう人と結婚してもうまくやってけるみたい。時々、歌手の白川淳が麻雀《マージャン》しに来るって自慢してたわ。なんでもご主人が担当して、白川淳のCMをつくってるんですって。

うちみたいな平凡なサラリーマンの家から見ると、ハデーッていう感じよ。それはそうと、例のビデオの件ね。私ははっきり言ってよくわからないの。ダビングを何度もしてるから、ぼやけてるし……。

私、あの人と最後に会ったのは三年前なの。その時、あの人は耳までのショートカットをしてたんだけど、ビデオの女の人は髪の毛が長いでしょう。イメージがいまひとつ重ならないのよ。

岩谷さんは絶対に尾高さんだっていうのよ。こうなったら徹底的に調べてみようって言い出すの。

「私たちの同級生にこんな人がいるなんて大事件よ。違ってたら違ってたでいいし、もしそうだったら私たちで助け出さなくっちゃ」

なんて言ってるの。

でもあのビデオ、すごくショックだったわ。同性として見てられないところがあるわね。どういう女の人が、あんなものに出るのかしら。岩谷さんの言うとおりお金なのかな。それだったら悲しいことよね。

なんて手紙を書いてたら、まみが泣き出しました。おむつを替えて、やっと一段落。でも子育てって本当に大変よね。幸い、うちは、すごく元気な姑《しゅうとめ》がいて、私が留守をしたりすると大喜び。その分孫をいじれるからじゃないかしら。まあ、こっちの方のグチも近いうちに聞いてもらいます。じゃーね。もう子持ちの母だから、乱筆乱文許してね。

三月十八日　　　　倉沢洋子

岸井邦子様

前略

このあいだはサンキュー。

私が突然倉沢洋子なんかを連れてったから、びっくりしたんじゃない。あのコ、あいかわらず、もっさりしてたわね。

それはそうと、うちのダンナがビデオの女に興味を持ち出したの。

「本当に同級生かどうか知りたいの」

って言ったら、まかせとけっていって友だちのところへ持ってってったらしいの。その人、うちにも一回遊びに来たけど、男性雑誌のフリーライターをしてるの。ビデオのマニアらしいわ。

その人が言うには、このビデオはタイトルの書き方から見て、「Kグループ」が作ったものに違いないって。Kグループっていうのはね、関東あたりにビデオを流してる会社なんですって。

「こいつらは、警察の手がのびてこないように、しょっちゅう居場所を変えるけど、グループの代表がわりとマスコミに出たがりなんだ。すぐに連絡がつくと思うよ」

って請《う》け合ってくれたの。

そこで女の名前を聞けば、尾高さんかどうかすぐにわかるわね。

なんだか私、ぞくぞくしてきちゃったわ。

それはそうと、私、このことを渡辺君に知らせた方がいいと思うの。ほら、あのことがなければ、あの人と尾高さんってずっと恋人同士でいた仲じゃない。過去をふっきるためにも、現在の尾高さんの姿を、ちゃんと彼に見せた方がいいと思うのよね。

それにしても、裏ビデオって本当にイヤらしいわね。うちのダンナは大喜びで、何度も見るのよ。私思わず叱《しか》ってしまいました。

じゃ、また。四月一日、本当に楽しみよね。

三月十九日　　　　岩谷初美

岸井邦子様

拝啓
南の方ではそろそろ、桜のたよりが聞かれる今日この頃、いかがおすごしでしょうか。
このたびは、男のお子さんの誕生、本当におめでとうございます。昔の同級生がお母さんになったなどというニュースを聞くと、なんだか照れてしまいますね。

僕は信州大学の教育学部を出た後、横浜の中学で体育教師をしています。短距離選手としてオリンピックに出るという夢は、ついに果たすことはできませんでしたが、子どもたちに囲まれ、まあ、これはこれでよかったかなと思ったりしている今日この頃です。

ところで、突然こんな手紙を出すのは他でもありません。

ついこのあいだ、小野初美さん、いや結婚して岩谷初美さんでしたね。彼女から電話がかかってきて、例のことを聞いたのです。

僕はどうしても信じられません。

こんなこと今だから言えるのですが、高校時代、僕は本当に尾高さんのことが好きでした。あんなことがなかったら、もしかしたら結婚していたかもしれない。そう思う時もあります。

あの時も、そして今も、僕はいろんな噂《うわさ》を聞きますが、僕はどうしても、尾高さんがあなたたちが考えているような女性とは思えないのです。

少なくとも僕の前では素直でおとなしく、むしろ平凡なといってもいいような女の子でした。

高校時代の淡い初恋だと思っていても、時々彼女のことを思い出して、ハッと胸を衝《つ》かれることもあります。

そんな時に、岩谷さんからの電話があったのです。僕は本当に信じられません。ビデオを見せて欲しいと言ったのですが、岩谷さんはあなたのものだから、あなたの許可がないと見せられないと言うのです。

ハガキを同封しました。ＯＫとだけ書いて、ポストにほうり込んでください。忙しいところ申しわけありませんが、よろしくお願いします。

三月二十四日　渡辺浩二

岸井邦子様

前略
ハーイ、すっかり春ですね。

例のビデオの女の名前、わかりました。なんでもユミって呼ばれてるんですって。

裕美はヒロミって読むけど、ユミとも読めるわね。間違いないわ。絶対に尾高さんよ。私、びっくりしちゃったわ。

今日、渡辺君に会ってテープ渡したのね。彼、あいかわらずカッコよかった。真面目《まじめ》すぎるのがちょっとナンだけど、足も長いしスポーツできたえられてるって感じよね。

私、彼に言ったの。

「尾高さんがもし泥沼《どろぬま》にはまり込んでいるんなら、助け出せるのはあなただけよ」

彼、うん、うんって頷《うなず》いてたわ。尾高さんとずっと連絡がつかなかったんですって。

私たちのお節介から、同級生が一人助かるんだったら、すごくいいことしたわよね。それにもしマスコミに彼女が出たりして、篠崎高校出身なんて言われたら恥ずかしいものね。
四月一日、もうじきね。帰りは心配しないでね。ダンナに迎えに来させて、あなたんちまで送ってくわ。彼、最近ゴルフの新車を買ったばかりだから自慢なの。気にしないで乗ってやって。じゃ、四月一日、新宿でお会いしましょう。
三月二十七日　岩谷初美
岸井邦子様

拝啓
せっかくの桜が雨に散ってしまいました。
今日の同窓会は大変だったようですね。なんでも渡辺君が、あなたの髪をつかんでひきずりまわしたりしたんですって。

あなたが皆に提案して、私を救い出そうとか、行方《ゆくえ》をつきとめようとか言い出したそうですね。

いかにもあなたらしいと、私は笑ってしまいました。

私のことならご心配しないでください。私はそうしたビデオに出演するほどの度胸も器量も持ち合わせていません。今のところ、しがないホステスをやっています。名前は言えませんが、今日の同窓会に出席していた一人が客として何度かやってきています。もちろん、上役のお付きとしてね。

心配して様子を見に来ようとしても後悔《こうかい》するだけですよ。うちの店の勘定は高いんで有名なんです。

それほど私のことが気にかかるんだったら、そっとしておいてくれればいいのに、それがあなたたちには出来ないのね。

昔もそうだったわ。あなたたちは私の制服が校則違反だと言い出した。プリーツの長さもひだの数もあなたたちと同じだってことがわかるまで時間がかかりましたね。

次に私がお化粧してるって言い始めたわ。肌《はだ》が綺麗《きれい》すぎる、いいにおいがするってね。

そのくらいまでは我慢できたわ。だけどあなたたちは私が十八金のダイヤ付きチェーンをしてるって騒ぎ出した。

体育の着替えの時、目をそらさないでよく見てくれればよかったのに。あれが十八金なんてとんでもない。先っぽにスヌーピーがついてる安ものだったわ。

高校生に十八金のチェーンが買えるはずがない、きっとオジサンと寝てお金をもらっているに違いないっていう発想は、あまりにも単純で今では笑ってしまえるけど、あの時は本当に腹が立ちました。

郊外のモーテルで私を見かけた。街《まち》のレストランで私が中年の男と一緒にいるのを見たって、ひと頃は寄るとさわるとその話ばっかりでしたものね。

噂《うわさ》がひとり立ちして、やがて事実として歩き出すのを、十八歳の私は唇《くちびる》を噛《か》みしめて見ていました。私は本当にふつうの女の子だったんです。

その時はまだ知らなかった。世の中には、女が絶対に許さないタイプの女がいて、自分がその一人だっていうことに気づかなかったのです。どうしてこれほど男の人を魅きつけるのか、同性には全くわからない。だから女たちから嫌われるタイプ。

私はふつうの女の子なのに、いつもすべてを曲解され、女の子たちは遠ざかっていく。いいえ、あなただけを責めてはいません。あれから何度もそんな目に遭《あ》いました。ホステスというのは、私の苦肉の策でしたが、私にとても合っているようです。

こういう高級な店は、私みたいな女がうようよいます。男の人を相手にする世界で、やっと息をふき返しているみたいな女ばかり。

私がもっと強かったら、売春なんていう噂《うわさ》に負けて渡辺君と別れることもなかったし、保母になりたいという夢も捨てなかったと思う時があります。

あなたたちは私のことを本当に憎んでいた。自分では気づかなかったかもしれないけれど、ニキビの頰《ほお》の下で、鼻がまがりそうなほどホコリくさい制服の下で、あなたたちは本当に私を憎んでいた。

あなたたちはみんな早く結婚したんですって。よくわかります。あなたたちの憎しみのエネルギーっていうのは、きっと方向を変えて結婚の方に向けられると思っていた私の勘《かん》はあたりました。

今日は四月一日、十年前に私たちは同じ学校に入学したと聞きました。考えてみれば、なんと残酷《ざんこく》なことだったんでしょうね。

あなたたちにとっても、私にとっても。

それが今日よくわかりました。

エイプリル・フールの日に　尾高裕美

岩谷初美様

# 女ともだち

三十歳になって、まさか同級生の結婚式に出ようとは思わなかったわと、淳子《じゅんこ》はあきれるふりをした。

そう言わないでよと、受話器の向こうから、智美《ともみ》の低く笑う声が聞こえる。

「私はあなたと違って、仕事ひと筋に頑張《がんば》ってきたんだからさ」

「そうね。すごく張りきってたものね。でも私は男に不自由してるわけじゃなし、当分はこのままでいくわって言ってたのは誰《だれ》だったかしら」

「だから結婚するのよ」

智美は言った。

「もう、当分は終ったのよ」

十年前、智美と淳子は、東京にある私立大学の仏文科の学生だった。仏文科などというところは、花嫁修業気分の女子大生か、そうでなかったら外資系企業をめざす学生の行くところだ。

智美は後者の方で、在学中に通訳の資格をとり、現在は外国エアラインの広報部に勤めている。

同級生の中でも、群を抜いて華やかな場所にいる智美と、淳子が親しくなったのはそう昔ではない。淳子の夫が経営するレストランに、智美が足繁《しげ》く通っているという偶然が二人を急速に近づけたのだ。

「大学の友だちは、誰を呼ぶつもりなの」

「そんなに多くないわ。太田さんに三原さん……」

「思い出せないなあ。大学の時は、あなたとはグループ違っていたものね」

「顔見ればすぐにわかるわよ。それに吉岡さん……」

「吉岡さんですって」

淳子は自分の声がぐいととがったのを感じた。

「懐《なつ》かしいわ、あの人」

しかし、淳子はすぐに立ち直り、昔の友人を尋ねる穏やかな口調になった。

「卒業式の時に会って以来よ。今はどうしてるのかしら」

言ったとたん、しまったと思った。できる限り、見ないように考えないようにしているものを、自分の意志でこちらに向けることはなかったのだ。おそらく、智美の口から語られる吉岡暁子《あきこ》の現在というのは、華やかで羨望《せんぼう》を感じずにはいられないものだろう。胸が騒ぐのはわかっていたが、暁子のことを聞かないのも、やはり不自然なことに違いない。

ところが、智美は思いがけぬことを言う。

「あの人、いま仙台《せんだい》にいるのよ」

「仙台」

「あの人のご主人がね、三年前に仙台に転勤になったの。今じゃすっかり田舎のおばさんよなんて、本人は笑ってるわ」

「そう……」

いつのまにかため息がもれた。長い間の呪縛《じゅばく》が不意にときはなたれたような気がする。

「暁子が仙台にいる」

受話器を置いた後、淳子はもう一度小さくつぶやいた。

もう暁子のことなど忘れていると思っていたのに、これほど頭の中にしっかりとこびりついていたとは、自分でも信じられない。

暁子のことを最後に聞いたのは、今から六年前だ。卒業していくらもたたないうちに、一流メーカーに勤めるエンジニアと結婚したという噂《うわさ》だった。

「やっぱり美人って、売れゆきが早いのねぇ」

そんなことを、淳子は別の同級生と話したことを憶《おぼ》えている。

「その暁子が、東京じゃなくて仙台にいる」

とっさには信じられない。

暁子は生まれた時からずっと東京に住んでいたのだ。その彼女が東京を離れ、九州の田舎から出てきた自分が、こうして都会の真中に住んでいる。これほどおかしなことがあるだろうか。

もちろん、大声をあげたいような喜びが湧《わ》き上がったわけではない。けれども、胸の奥が涼しくなるような、この清々《すがすが》しさときたらどうだろうか。

淳子は勢いよく、ベランダに通じる窓を開けた。千駄《せんだ》ヶ《が》谷《や》の駅前の喧噪《けんそう》も、ここまでは伝わってこない。左手の方に、連日の雨をうけて、いっそう濃くなった外苑《がいえん》の緑が見える。

もう慣れた光景が、いまの淳子には、このうえない幸福のようにも思われる。

「暁子はもう東京にいない」

もう一度口にすると、すべてのことが癒《いや》されるような気がした。

「さぁ、寄ってらっしゃい、見てらっしゃい。スライドもたっぷり、こちらは映画研究会だよ」

まるで夜店がたち並んでいるような中庭を、淳子は真弓と手を握りながら歩いていた。

真弓がどんな少女なのか、淳子はよく知らない。オリエンテーションの時に、たまたま隣りに座った彼女をてっとり早く友だちに定《き》めてから、まだ一週間とたっていないのだ。

プリーツスカートにカーディガンといういでたちの彼女は、ひと目で地方出身者とわかった。とまどうようにあたりを見わたす様子も淳子とそっくりだった。

目と目が合ってすぐ、二人で学生食堂に行く仲になった。そして今日はクラブの勧誘を見にやってきたのである。

「中沢さん、どこのクラブ入るか決めた？」

淳子はまだ真弓のことを名前で呼べないでいる。それは真弓も同じだった。

「ううん、まだ。平井さんはやっぱりスポーツ部に入りたいの？」

相手の名を姓で呼びながらも、二人はしっかりと手を握り合っている。

クラブジャンパーやハッピを着た学生たちが、立看板の前でお祭り騒ぎを繰りひろげている。もの慣れているだけで、彼らはすでに大人に見えた。学生服を着た上級生たちが、おどすように新入生に説明している光景も、見ようによってはおびえるに十分のものだ。

「ねぇ、ねぇ、君たちィ、入るクラブ、もう決めたァ」

手を握り合って歩く二人連れは、いろいろなところから声をかけられる。その時も毛糸の帽子を被《かぶ》った学生が、二人の手にビラをおしつけた。

「ちょっとさぁ、部屋に遊びにこない。そんなに手間はとらせないからさぁ」

もう少しで淳子は吹き出しそうになった。その様子が、おととい会ったばかりの原宿駅前の男にそっくりだったからだ。彼らもこんなふうになれなれしく話しかけてきた。

「ね、ね、ちょっとおいでよ」

淳子がふともらした微笑を承諾ととったらしく、男は肩を押すようにした。さっきもらったビラを見ると、「来たれ、白銀の世界へ。いちばん楽しいクラブ、シロッコ！」と書かれてあった。

「あのお、私、スキーってしたことないんです。九州の育ちですから……」

淳子が言いかけると、

「気にしない、気にしない」

男は明るく手を振った。

「うちはさぁ、同好会だから。みんなで楽しくスキーをやる部なんだ。初めての人なんていっぱいいるよ」

「どうする」

「どうしよう」

二人は顔を見合わせたが、決断したのは真弓の方だった。

「私、行ってみようかな。スキーって二、三回したことがあるんだ」

真弓は石川県の出身だった。

「スキーっておもしろいよ。私、大学生になったらまた行きたいって思ってたんだ」

男と真弓にはさまれるようにして、淳子は裏庭の方に進んでいった。コンクリートの長屋のような建物があって、ここにさまざまなサークルが入っているのだ。

「シロッコ」とペンキで描《か》かれたガラス戸を男は叩《たた》いた。

「二年、遠藤入りまあす」

「よし」

ドアを開けたとたん、むっと煙草《たばこ》のにおいがした。狭い部室に重なるように数人の男がいて、みんな煙草を吸っているのだ。

「クラブに入りたいっていう女の子を連れてきたんですが」

淳子は驚いた。いつのまにそんなことになってしまったのだろう。

「ふうーん、スキー、どのくらいやってたの」

茶色のフィルターぎりぎりまで吸い込みながら、背の高い男が言った。口のまわりに短かい髭《ひげ》を生やしているのが異様な感じがする。

真弓などはすっかりおびえて、早く帰ろうとばかりに淳子の手をギュッと握った。

その時だ。ガラス戸が開いて、また何人かの学生が体をすべり込ませてきた。

「オッス」

ヒゲの男が怒鳴り、他《ほか》の学生たちもそれにならった。一座の挨拶《あいさつ》をうける男は、どうやら上級生らしいのだが、にこにこ笑う顔は童顔といってもいい。目じりが下がって、深いシワがいくつも刻まれる。それが男を穏和にもお人よしにも見せていた。

「部長、入部希望の新入生を連れてきました」

「そう。部長の田代《たしろ》です。よろしく」

田代の背後には二人の少女がいた。一人の少女は、まだ四月だというのに半袖《はんそで》のワンピースを着ていた。慎《つつま》しく目を伏せていたからよく表情が見えないが、美しい顔立ちだということはすぐにわかった。かたちのいい顎《あご》に、薄い唇《くちびる》がかすかに微笑《ほほえ》んでいる。

「ちょうどいい、紹介しよう」

田代という男は、後ろの少女たちを振り返った。

「いまお茶を飲みながら、このコたちも入部を決めたところなんだ。同じ一年生同士、仲良くやってくれたまえ」

田代に促されるようにして、二人は前に進んだ。

「浜崎妙子です。よろしく」

髪の長い方が先に頭を下げた。次に田代の陰に隠れるようにしていた美少女が一歩踏み出した。

「吉岡暁子です。よろしく」

淳子はその時、ほんの一瞬だが男たちが緊張したのがわかった。

うつむいていた時よりも、数倍暁子は美しかった。それが癖なのか、目を大きく見開く。睫毛《まつげ》の長い、黒目がちの目だ。化粧っ気もなく、頬《ほお》のあちこちにニキビが目立つが、目がすべてを救っていた。

「君たち、名前は何て言うの」

田代が問うた。

「中沢真弓です」

「平井淳子です」

それで二人の入部は決まったようなものになった。

「ね、時間があるんなら、どこかへ行かない。いろいろお話しましょうよ」

暁子は見た目よりもはるかに快活な性格らしく、すぐに淳子たちに話しかけてきた。暁子の声は涼やかで、彼女が東京、もしくは近郊に住んでいることは間違いないだろう。

「それがいい。五時からミーティングがあるけど、その時間までに親しくなっておいてくれよ」

それにひきかえ、田代は語尾を重くひっぱるように発音する。

どこの地方の生まれなのだろうか。上京して以来、人の言葉にひどく敏感になっている自分に淳子は気がついている。うわべはジーンズやしゃれた綿シャツをはおり、誰もが似ている学生たちだが、よく注意してみると、ひとりひとり小さな秘密のような訛《なま》りがある。それを聞くと、ほんの少し淳子は安心するのだが、暁子と妙子にはそれがなかった。

「妙子ちゃんは横浜、私は杉並《すぎなみ》の生まれなの」

暁子は綺麗《きれい》な唇をキュッと上げるように言う。一語一語、くっきりと区切る東京の言葉に、まだ淳子は慣れていない。おまけに同い齢《どし》だというのに、暁子はすぐさまリーダーシップをとろうとしているようではないか。

「吉岡さんって、文学部なの?」

真弓さえおそるおそる聞く。

「そう、仏文科よ」

「あら」

真弓と淳子は同時に声を上げた。

「オリエンテーションの時も一度も気づかなかったわ」

「そう、私はあなたたちに気づいてたわ」

暁子は悪戯《いたずら》っぽい笑いをうかべた。

「だってどこに行くのも、二人一緒に手をつないでるんですもの。まるで中学生みたいだなあって思っちゃった」

悪気はないのだろうが、内心淳子は腹が立った。こちらが田舎者だということを、馬鹿《ばか》にしているようにも聞こえる。

「あ、できたわ。私、とってくる」

学生食堂の二階は、セルフサービス式の喫茶コーナーになっていた。注文したものができあがると、カウンターで番号をよみあげるシステムだ。

暁子はすぐさま立ち上がって、受け取りに歩く。

「ミルク入れる？　妙子ちゃん。真弓ちゃんはどうする」

いつのまにかみなを〝ちゃん〟づけで呼んでいた。手伝おうとする淳子を手でさえぎって、まめまめしくミルクを入れたり、砂糖を皿《さら》に添えたりする。どうやら暁子は、ひどく世話好きの性格らしい。そう思うと、淳子の心はずっとらくになった。

「ね、もっとお互いのことを話しましょう」

コーヒーをそれぞれの前に置きながら、暁子は言った。

「これからもっと入ってくるかもしれないけど、一年生の女子は今のところ私たちだけかもしれないじゃない。だからもっと仲よくしなくっちゃね」

「あら、私はまだ入部するとは決めてない」

淳子は言った。

「スキーなんてしたことないんだもの」

「あら、私だってそうよ」

暁子が意外なことを口にした。

「高校まで毎年一回ぐらいは行ってたけど、高校に入ってからは親が行かせてくれなかったんですもの。妙子ちゃんはもう相当のものだけどね」

「そんなことないわ。私は数が多いだけ」

妙子は髪を揺らすようにして首を横にふる。

「子どもの時から父につれられて行ってたけど、まるっきり進歩してないわ。ボーゲンにケのはえたようなもの」

淳子は不思議なものを見るように二人を眺《なが》めた。九州に育ったこともあるが、淳子のまわりで、子どものうちからスキーをやったものなどいない。板に触れたこともない自分と、暁子や妙子とでは差がありすぎる。やはり入部など考えない方がいいのではないだろうか。

「でもスキーって簡単なのよ」

淳子の心を見透かしたように暁子が言った。

「運動神経がいい人なら、すぐに滑れるようになるわ。それにね、スキーって冬だけのスポーツでしょう。後は基礎訓練をしたり、合宿をしたりするんですもの、ふつうのスポーツやっているようなものよ」

そして頬づえをついたまま、のぞき込むようにして淳子を見た。

「こんなに仲よくなったんですもの。みんな一緒にクラブに入りましょうよ」なんて大きな目なんだろうと淳子は思った。

おまけに話し方といったら。「……ですもの」「……しましょうよ」といった言葉がすらすらと出てくる。そのたびに唇の端がきっと上って、暁子をますます魅力的に見せる。

しかし、まだ油断はできない。誰《だれ》にでも愛想《あいそ》がよくて、上べだけ親切なのは東京人の特徴ではないだろうか。

「私、もうちょっと考えてみる」

淳子は言った。

「うちの人たちとも相談してみないとわからんけん」

言ったとたん淳子はしまったと思った。あれほど用心していたのに、つい方言が口をついて出てしまったのだ。

「そうよねぇ。おうちの人と相談した方がいいわ。お金がかかるし、入部したらすぐに苗場《なえば》に春スキーに行くのよ。ちゃんと何をしているかお話した方がいいわ」

暁子は頷《うなず》きながら、ひょいと手首の内側の腕時計を眺めた。十八歳とは思えないほど女らしい動作だった。

「いけない。もうミーティングが始まるわ。私たちはもう入部届けを出したから、ちゃんと出なきゃいけないのよ。あなたたちはどうなさる」

真弓は困ったように淳子を見た。未《いま》だに決めかねているらしい。

「悪いけど……」

淳子は言った。

「今日はやめておくわ。もうちょっと考えてから返事するって言っておいてくれない」

「そう。田代さん、がっかりすると思う。でもきっといい返事を聞かせてちょうだいね」

こう言うと、暁子は手早くコーヒー茶碗《ちゃわん》を片づけ始めた。

「あ、いいわ。後は私たちがする」

「そう。じゃ、急いでいるからお願いね」

暁子の花模様のワンピースが、階段の向こうに消えた時、真弓はほうーっとため息をついた。

「わー、綺麗な人。東京にはやっぱりあんな人がいるんだ」

「でもちょっと格好が野暮ったいと思わない」

淳子は自分が少し意地の悪い言い方をしていると思ったがそれは本当だった。地方から出てきた自分でさえも、デパートで流行のミニスカートや、アイビー風のポロシャツを買い揃《そろ》えたというのに、暁子のそれは衿《えり》もかたちも平凡なワンピースだった。

「顔はすごく綺麗だけどさ、ニキビがいっぱいあるよ。あれが治ったら、相当の美人になるかもしれないけど」

さらに言葉を重ねながら、自分はどうして暁子に腹を立てているのだろうかと淳子は考えていた。

フェアレディの助手席に、雅和《まさかず》を押しつけるように座らせると、淳子は力まかせにアクセルを踏んだ。

「いい、まだ泣いてると、おかあさまは本当に怒りますからね」

今年三歳になる雅和は、父親にそっくりの受け口をへの字に曲げた。目が赤く濡《ぬ》れている。一カ月に一度ぐらい、保育園に行きたくないとぐずることがあるのだ。

青山通りを高樹《たかぎ》町の方に曲がり、広尾へと向かう。ここには「さくら会」という三歳児までの保育園がある。のびのびとした教育というのを謳《うた》っていたが、実際は有名幼稚園の合格率が高いことで人気を博していた。

月々七万円近い月謝がかかるから、このあたりでも余裕のある家の子どもばかりだ。送迎時には、黒塗りの車が並ぶことさえある。よくしたもので、国産車は国産車同士で仲よくなった。

「やあねぇ、子どもがこんな小さいうちから受験の心配しなきゃいけないなんて」

煙草に火をつけながら、何度も舌うちする礼子もその一人だ。ブティックの社長夫人である彼女は、もとモデルだというだけあって、タイトから伸びた足が美しい。

授業が終わるまでの二時間から三時間、女たちはいつも喫茶店でお喋《しゃべ》りをしながら時間をつぶした。

国産車でやってくるといっても、港区や渋谷区に住む彼女たちの夫はそれぞれに景気がいい。ファッションメーカーや不動産屋の他に、芸能プロダクション社長というのもいる。お金も時間もたっぷりとある彼女たちの中に混じると、淳子はいささか肩身が狭い。いくら流行《はや》っているからといっても、小さなレストランの経営者の妻では、贅沢《ぜいたく》をするといってもたかが知れている。

仲間の一人がすすめてくれたエステティックサロンも、ワンコース一万円という値段に驚いていてたまにしか行っていない。

「ねぇ、ねぇ、ちょっと聞いた。高木さんところ、もう決まったんですってよ」

貸ビル業者の妻が、突然声をひそめた。決まったといえば、ここに集まる女たちはすぐに何のことかわかる。

「まさかぁ、まだ六月になったばっかりじゃないの」

「それが決まったのよ。S大の附属、三百万円ですって。それで来年の合格きまりよ」

いっせいにため息がもれた。それは値段に対してではない。人よりも早く幸福をつかんだことへの羨望《せんぼう》なのだ。

「三百万円じゃ安いじゃないの」

礼子は叫ぶように言った。

「渡す人がわかれば、私だってそうしたかもしれない。受験なんてものは、早くすませられればそれにこしたことはないんですもの。三百万円で、大学まで保証されるんだったら安いものよ。これが中学、高校となってごらんなさい。倍々ゲームになっていくわ」

みなおし黙った。礼子はいつも本当のことを言いすぎるのだ。

「でもS大附属で三百万円とはねぇ……」

貸ビル業者の妻が、口惜《くや》しまぎれかこんなことを言う。S大はもちろん有名校だが必ずしもAランクではない。

「T大附属とか○学院っていうのは、もうお金やコネじゃダメなんですってね。親の学歴ですって。親がそこの出身で、しかも下からじゃないとむずかしいって。でもそんなこと言われても、今さらどうしようもないしねえ……」

彼女の非のうちどころのない鼻は、整形だともっぱらの評判だった。高校を中退していると、誰かが彼女自身の口から聞いたことがあるそうだけれど、週に三回、子どもと一緒に英会話とフランス語を習っている彼女は、よく言えば向学心が強いところがあった。

「子どもっていうのは、同じようなスタートじゃないと可哀相《かわいそう》だわ。親のことまであれこれ言われたら、本当にたまんない。なんのために学校通わせてるのかわからないわ」

礼子がいまいましそうに煙草《たばこ》を灰皿にねじりつぶした。

ついこのあいだまでは、笑いさざめくだけの会だったが、新学期を迎えたとたん、空気は急に深刻になっている。さまざまな情報が飛びかい、この教育熱心な母親たちは息苦しくなるのだった。

淳子は腕時計を見た。夫の雅也《まさや》が、ヨーロッパに旅行した時に買ってきてくれたローレックスのオイスターは、十時十五分をさしていた。雅和の授業が終るまでまだ一時間以上ある。

「私、ちょっと買物してこようかしら。友だちの結婚祝いを買いたいの」

淳子は立ち上がりながら、そう詳しく言いわけしなくてもよかったのにとすぐに後悔した。

「どこまで行くの」

礼子がアイラインをひいた目で見上げる。

「白金《しろがね》まで。ちょっとザ・フェバリットまで行ってみるわ」

「悪いけど、明治屋まで乗っけてってくれないかしら。車検に出てるから、今日はタクシーで来たのよ」

明治屋と保育園とはつい目と鼻の先にあるのに、彼女はなぜか淳子の車に乗りたがった。

「本当にもうイヤになっちゃうわ」

駐車場に向かう礼子のハイヒールは、コツコツと腹立たし気に鳴った。

「まるで収容所みたいだと思わない。あの喫茶店、あの連中よ。私もその一人かもしれないけど、だんだん情けなくなってくるわね。『さくら会』入れるのも大変だったじゃない。条件はむずかしいし、いろいろお金もかかったわ。ま、いっぱしのエリート意識持ってたら、上には上がいるの。どこそこのご令嬢たちが生んだ子ども。運転手付きのリムジンでやってくる子ども。ああいうのを見てるとさぁ、空《むな》しくなってくるわね。なまじ野心をもって、いい幼稚園なんかに行こうとするから、こんなふうにみじめになるんだってね」

淳子は黙ってエンジンをかけた。

「それにしても、おかしな世の中になったもんだわよね。ちょっと前までは、右を向いても左を向いても同じように成金ばっかりだったのにね。いつから親がどこの学校を出たか、どんな家系なのかなんて言い出したのかしら」

「もういろんなことを言っても仕方ないわ」

淳子はやや乱暴にハンドルを切った。

「私たちが一代目になるより他《ほか》ないじゃない。後は頑張《がんば》って子どもたちを二代目にするだけよ」

都ホテルに向かう並木道に、しゃれたマンションがいくつかできはじめた。〝お気に入り〟という意味のザ・フェバリットは、レストランと輸入雑貨の小さな白いビルだ。女性オーナーの好みで、シルクの下着や食器が集められている。

智美のような女にものを贈るのがいかにむずかしいか、淳子は十分に知っていた。長く独身を続け、金もセンスも人よりはどっさりと持っている彼女に、生半可なものは贈れない。

フランス製の陶器のナプキンリングか、エスプレッソ専用のコーヒーメーカーかどちらにしようかとさんざん迷って結局はやめにした。結婚式までまだ十分に時間がある。智美にさすがと感心されるものを選びたかった。

暁子は何を贈るのだろうか。

サラリーマンの妻だったら、そう金は自由にならないだろう。それに仙台だったら、ありきたりのものしか売っていないはずだ。こうした輸入専門店などなかなかありはしないだろう。急に東京に来て探すとしても大変に違いない。デパートにあるようなものだと、智美はなかなか満足しないはずだった。

いや、もしかすると、暁子は現金を持ってくるかもしれない。ご祝儀《しゅうぎ》袋に入れたあれだ。

しかし、暁子がそんなことをする女だろうか。淳子が知っている限り、暁子は気配りと思いつきのかたまりのような女だった。そうそう、あの弁当のことを淳子は今でもよく憶《おぼ》えている。

新入生歓迎苗場スキーがとりやめになった。信じられないほど大きな低気圧がやってきて、ちょっとしたミニ台風になってしまったのだ。

「畜生、これでもうスキーは終りじゃんか」

遠藤たちは明るいくせに灰色の空に向かって歯ぎしりした。

五月の連休前の恒例苗場スキーは、その年の滑りおさめだったのだ。

その替わり、豊島園《としまえん》で歓迎ピクニックが行なわれることになった。

「これはね、一年生の女子が分担して弁当をつくってくることになってるんだ」

遠藤がからかうように言ったが、暁子が予想したとおり、新入生の女子部員は、暁子、淳子、妙子、真弓の四人だけだった。

「あら、それだったら私たちどうしたらいいんですか。私と真弓はアパート暮らしだから、そんなにたくさんのお弁当なんかつくれません」

淳子が抗議すると、すぐに暁子が言う。

「ジュンちゃん、だいじょうぶよ。私とタエちゃんで人数分のお弁当つくってきてあげるから」

暁子は何も気づかないのだ。淳子は本気で文句を言っているわけではない。ちょっと拗《す》ねたふりをして、男子部員になだめてもらいたいだけなのだ。それなのに暁子はすぐに明るい声で解決案を言う。

「だいじょうぶ」

淳子は小さな声でいう。

「アッコちゃんにばっかり迷惑をかけられないから、私もちゃんとつくる」

「無理しなさんなよ」

時々暁子は、こんなふうな言い方をした。

「私とかタエちゃんはちゃんとした台所もあるし、手伝ってくれる母親もいるわ。本当に無理しないで甘えてちょうだいよ」

けれど暁子がこんなことを言えば言うほど、淳子はかたくなになるのだった。そうでなくても、暁子の評判はひどくいい。最初はあまりの美貌《びぼう》にいささか敬遠された気がなきにしもあらずだったが、彼女のさっぱりとした気性はすぐに知られるところとなった。

「あれだけ美人だと普通気取るけどさぁ」

上級生たちも言う。

「それがまるっきり色気がないんだよなぁ」

これはコンパの時に、暁子がきっぱりと言ったことだが、彼女は一度も男の子とつき合ったことがないそうだ。

「みなが言うには、私は生意気だっていうんです。高校時代、なにしろ私は勉強ばかりして男の子に興味がなかったし、理屈っぽかったんです」

暁子は国立大の附属中学、附属高校を卒業している。第一志望の外語大を失敗して、この大学へ進学したと、これまた正直に告げる。

「将来は、エールフランスのグランドホステスか大使館関係の仕事につきたいんです」

そんな時、暁子には照れも気負いもない。私がそう思うのだから、きっとそうなるという自信にあふれていた。大学入試に多少つまずいたものの、まあまあの私立に入り、暁子の十八年間という人生は自分でも満足すべきものなのだろう。なんの屈託もないゆえに暁子は明るく、そしてかなりおせっかいなところがあった。

今度の弁当のことにしてもそうなのだ。

「無理しなさんなよ」

という言葉の奥には、暁子の疑問符が隠されている。私にさせれば、ずっと早く上手にできることがわかっているのに、どうして遠慮をするのだろうという感情だ。それを時々無邪気なまでに暁子は顔にあらわす。それだからこそ、淳子はかすかないらだちを感じるのだ。

「ねえ、お弁当のこと、どうする」

いつものように、学食の二階でコーヒーをすすりながら暁子は三人の顔を見わたした。こういう時、彼女はごく自然に手帳とペンを出す。いつのまにか議長になってしまうことを暁子は自分では気づかない。

「悪いけど、私、果物かお菓子にしてくれない」

真弓が言った。

「私のところは、食事付きの下宿だから台所がないんだ。その替わり、デザートを持つよ」

「そうね。イチゴかリンゴでも持ってきてくれればいいわ」

暁子はおもむろに手帳につける。

「私はサンドウィッチ、タエちゃんはお握りを半分ずつつくる。ジュンちゃんは缶《かん》ジュースでも持ってきたらいいんじゃない」

「ううん、だいじょうぶ」

もう一度淳子はいう。

「いくら自宅通学だからって、二人にばかりさせるわけにいかないもの」

「そう、じゃなにかつくってきてね」

そんな言い方も淳子には気に入らない。

いつのまにか、暁子は自分たち四人のリーダーになっている。上級生たちもそのように遇し、なにかあると暁子に任せようとするのだ。

けれど、と淳子は思う。淳子自身も、田舎の高校ではずっと生徒会の副会長をしていたのだ。ごくあたり前の顔をして、暁子は自分たちに指示をするが、どうしてそんなことができるのだろうか。

その夜、淳子は長崎の実家に長距離電話をかけた。

「もしもし、筍《たけのこ》ご飯のつくり方ば、教えてほしか」

「そんなん、なにすると」

「明日、新入生歓迎ピクニックのあると。そんお弁当ばつくるとよ」

「そげんとは、他ん人に任せとかんね。あんたんアパートはろくな台所もついとらんじゃなかかね、東京のおうちから通とる人にまかせときなさい」

「そういうのが嫌《いや》なのよ」

思わずきつい東京弁が出た。

「私、筍ご飯のお握りをつくる。変わってて、みんなも喜ぶと思う」

淳子は母親が言うとおり、こぶりの筍と油揚げを買いに走った。たったひとつしかないガス台にかけてコトコト煮る。

「ねえ、水加減ば教えてくれんね」

結局、公衆電話を二回行ったりきたりして、筍ご飯はできあがった。母親の言うとおりの水量にしたのに、なんとしてもやわらかく、しゃもじがぶすぶすと入る。

淳子の心づもりとしては、この筍ご飯でお握りをつくるつもりだったのだ。妙子がそれを持ってくると言っていたが、多分シャケやタラコの入った平凡なものだろう。筍ご飯でお握りをつくるというのは、いまの季節にぴったりで気がきいている。男子学生たちは歓声をあげてとびつくはずだ。

ところが、電気釜《がま》の中の筍ご飯は見たところ茶がゆのようになってしまったのだ。やたら海苔《のり》をはりつけてなんとかかたちを整えようと淳子は必死になった。

こうして深夜の二時に十五個のお握りが完成したのだが、困ったのが容《い》れ物だ。淳子はよく母親が、さまざまな空箱を戸棚《とだな》の中に入れておいたのを思い出した。そんな母親の吝嗇《りんしょく》ぶりをよく笑っていたものだが、ひとり暮らしだとこういう時に本当に困る。

六畳のアパートの押し入れをあれこれ探した結果、淳子はやっと手頃《てごろ》の空箱を見つけることができた。大きさといい、深さといい申し分がない。しかしそれはサンダルを出したばかりの靴箱《くつばこ》だった。

「ホイルでまわりをつつめばわからないかもしれない」

いったんそう思ったものの、すぐに打ち消した。たとえ銀色の紙でおおったとしても、大きさで靴箱ということがわかるだろう。ずぼらな男子学生たちが食べるものだとしてもやはり気がひける。

いろいろ考えた結果、お握りはラップでつつみ、紙袋に入れることにした。多少かたちが悪くなるかもしれないが、この場合仕方ないだろう。

淳子はピンク色のカーディガンをまとい、白いハイソックスをはいた。籐《とう》のバスケットを持つ。淳子はこのところ、特におしゃれに気を使っていた。デパートを歩きまわっては安いものを探す。東京は流行のものが案外安く買えるところだ。小さな指輪やイヤリングをつけるのも、最近の淳子の習慣だった。

それなのに、暁子はいつも似たようなワンピースだ。柄《がら》は違っているのだが、小さな衿《えり》がついて、ウエストにベルトがついているというスタイルは変わらない。だから池袋駅のホームで、淳子はたやすく暁子を見つけることができた。今日は青い地に、白いアラビア文字の入ったワンピースを着ている。

「お早よう。お弁当できた？」

暁子は淳子を見つけるとにっこりと笑った。

「うん、昨夜《ゆうべ》二時までかかっちゃった」

遊園地に行くという心のはずみか、淳子はそんなことが素直に言えた。

「私はサンドウィッチだから簡単だったわ。あのね……」

悪戯《いたずら》っぽい目をそっと近づける。

「私、おかあさんが焼いたばっかりのフルーツケーキ持ってきたの。でもあんまり多くないの。一年生の女の子たちだけでこっそり食べましょうね」

「うん」

淳子はこっくり頷《うなず》いて、二人はなんとはなしに微笑《ほほえ》み合った。いつもは暁子と妙子、淳子と真弓と二手にわかれている。どちらかというと暁子たち東京組が、はなからクラブに馴《な》じんでいるのに較《くら》べ、淳子たちはすべてのことで分が悪い。だから必要以上に、淳子は暁子に対して小さな主張や反抗をしてしまうのかもしれない。

けれども暁子は、そんな淳子の心の動きに全く気づかないようだ。いつもあれこれと淳子の世話をやく。

あれはおとといのことだっただろうか、二人で同時に学校のトイレに入った。隣り合った小部屋でそれぞれに用をたした後のことだ。

「ジュンちゃん、あのね」

洗面所の鏡の中で、暁子の目が少し困惑したようにしばたいている。

「トイレの水、流した方がいいと思う」

「私、ちゃんと流したよ」

「ううん、終った後じゃなくて、してる最中、音、消すために」

「あ……」

淳子はしばらく顔が上げられなかった。田舎の実家が水洗でないことを言いあてられたような気がしたのだ。

暁子のことが好きなのか嫌《きら》いなのか自分でもよくわからない。けれども、暁子と友人になったことは確かに大きな得をしたような気がする。

混《こ》んでいる西武電車の中でも、暁子はよく目立つ。すぐ傍《そば》の男が新聞を読むふりをしながら、暁子をじっと見つめているのを淳子は知っていた。

「暑いわねぇ」

暁子は突然、布製の大きなバッグの中から扇子《せんす》をとり出した。なぜか暁子は、こういう古風なものを時々持ち歩いていることがあった。流水に銀粉をまぶした扇子で、暁子は淳子の方向にもあおってくれる。

「暑いねぇ。今日は七月初旬の暑さなんだって。ニュースで言ってた」

「本当、夏が来たみたいよねぇ」

暁子は汗ばんだ額に手をやった。彼女はあまり肌《はだ》が綺麗《きれい》ではない。思春期の最後のなごりがまだぐずっているように、顔のあちこちに赤く腫《は》れたニキビがいくつも出来ている。

「本当に暑いわ。この電車って冷房がきいていないのね」

暁子は不満そうに口をとがらせると、ワンピースのいちばん上のボタンをはずした。額と同じように汗ばんだ肌がその下にあった。

「その、ワンピース、いいね」

淳子は突然言った。本当はそんなことを思っているわけではない。ただ暁子の洋服の趣味について、もう少し知りたいだけなのだ。

「そうお、ありがとう」

暁子は嬉《うれ》しそうに笑った。

「うちは姉もいるでしょう。いつも決まった人に洋服をつくってもらうの。めんどうくさいから、同じ型紙で生地《きじ》だけを違えてもらったりしているの。よかったらジュンちゃんも言ってちょうだい。同じようなものをつくってあげられると思うわ」

「ありがとう、そのうちにね」

淳子は礼を言ったものの、こんな野暮ったいワンピースはまっぴらだと思った。けれどもすべてオーダーだと聞いたせいか、暁子の洋服は質がいいもののように思えてくる。そういえばバッグも靴も、暁子のものはありきたりのものだがどこかしら品があるのだ。

練馬駅で人がまたどっと乗り込んできた。若葉で時々かかげる窓からは風が吹いてくるというものの、人いきれと暑さは耐えがたいほどだ。

「ジュンちゃん、おでこに汗がいっぱい」

「だけどさぁ」

淳子はちらっと舌を出した。今なら暁子になんでも話せそうだ。

「私、ハンカチ忘れてきちゃったんだ」

「ちょっと待ってて」

暁子は布のバッグをがさがさとかきまわした。

「あ、私も持ってない」

二人はうふふと低く笑った。顔を近づけると、暁子の口もとに薄いうぶ毛が生えているのがわかる。鼻の下にも、いまにも膿《うみ》が出そうなニキビがひとつあった。気になるらしく、暁子はそれをいじったりする。

「だいじょうぶ。私、ハンカチは忘れちゃったけど、タオルは持ってきたから」

それはぞっとするほど濃いピンクで、浜田山米店という黒い文字が入っていた。

「さ、ジュンちゃん、使って」

無造作に手渡す。けれども、それで自分の汗をぬぐうことは、やはりはばかられた。

「悪いからいいよォ。アッコちゃんが使うのに困るじゃない」

「じゃこうしよう。私がこっちの端っこを使うから、ジュンちゃんはそっちの端っこを使いなさいよ」

そう言うが早いか、暁子はタオルを持って自分の顔をぺろりと拭《ふ》いた。

「はい、じゃ、こっち側、どうぞ」

いまきっと自分は困惑しきった笑いをうかべているだろうと淳子は思った。満員の電車の中、タオルを使う暁子はやはり目立つのだ。

乗客たちは窓の風景に目をやるふりをして、暁子の様子を眺《なが》めているようだった。逆光をあびて、黒い目が放心したように大きい。見れば見るほど暁子は美しい娘だった。その彼女がなんの気取りもなく、タオルを差し出している。まわりの目が気になるものの、やはり淳子の胸にほのぼのとしたものが流れ込んできた。

「ありがとう」

受け取って額をぬぐう。暁子はかなりの汗っかきらしく、反対側のピンクは濡《ぬ》れてかすかに朱《あか》い色になっていた。

「また使いたくなったら言ってね。いつでも貸すわ」

暁子の扇子が再びぱたぱたぱたと鳴った。


遊園地の混雑はすさまじく、その日やってきた十五人の部員たちはもう少しで離れ離れになるところだった。

「誰《だれ》だよォ、豊島園にしようなんて言ったのはさぁ」

「田代さんだろ。あの人案外こういうところが好きじゃけんのう」

遠藤と喋《しゃべ》っているのは、同じく二年生の柿沼《かきぬま》だった。昨年までなんと空手部にいたという彼は、シロッコをなんとか体育会らしくしたいという悲願を持っているようだ。だから「オース」としょっちゅうがなりたてている。広島県出身なのを誇りにしていて、わざと方言を使う。

「おお、腹がへった、腹がへった。さ、弁当をいただくかのう」

休憩所のコンクリートの椅子《いす》にどかっと座った。

ブルーのギンガムチェックのナプキンの上に、暁子の弁当がひろげられた。ハンカチを持っていない女とは思えないほど、さまざまな心づくしがしてある。レーズンブレッドに玉子をはさんだサンドウィッチなど淳子が初めて口にするものであった。ローストビーフにからしを塗ったもの、スモークサーモンにきゅうりの酢づけをはさんだものなど、贅沢《ぜいたく》な材料がふんだんに使われていた。

「こりゃ、うまい。吉岡、お前いい嫁さんになるぞ」

「もちろんそのつもりです」

暁子はみなを笑わせた。

「オレは米のメシもいいなぁ。おっ、浜崎の握りめしもベリーグッド」

遠藤が、今度は妙子のお握りに手を伸ばしている。頬《ほお》ばりながら、大声で聞いた。

「おい、平井、お前は何を持ってきたんだよ。まさか食べるだけじゃないだろうなぁ」

「違いますよ。私もつくってきました」

からかっているのはわかっているが、そう気分のいいものではない。そのうえ心配していたとおり、満員電車でもまれたために、淳子のつくった握りめしはぐんにゃりとかたちを変えていたのだ。

「お、うまそうじゃん。筍ご飯かよ」

遠藤はさっそくひとつつまもうとするが、めし粒の崩壊は、いくら海苔をべたべた貼《は》りつけても防げるものではなかった。

「なんだよ、このお握り。持てないでやがんの」

遠藤の指の間から、茶色い飯粒がぽろぽろとこぼれ落ちる。いっせいにみんなが笑って、淳子は本当に腹が立った。いくら不出来な弁当でも、これはアパートの狭い台所で深夜までかかってつくったものなのだ。

「私、紙皿《かみざら》とお箸《はし》持ってきました」

暁子がとっさに人数分のそれを差し出してくれなかったら、笑い声はますます大きくなっていたに違いない。お調子者の一年生の小幡《おばた》など、わざと必死にお握りをつまもうとしているのだ。

「ちょっと水気が多いみたいだから、紙皿によそって食べればいいんじゃないかしら。私がやりますよ」

暁子はこれも持参したらしい、プラスチックの大きな匙《さじ》で、茶色の飯をすくう。箸で口に入れ、真先に大きな声を出したのも彼女だった。

「おいしいわ。ジュンちゃん、すごくうまくご飯たいた。こういう炊《た》き込みご飯って、つくるのがすごくむずかしいのよね」

「お前らなぁ」

遠藤が苦笑いしている。

「本当にお前らって仲がいいんだなぁ。今年の一年の女は、団結が強くって驚くぜ」

「そうですよ。だって私たちこれから助け合っていかなきゃいけないんですもの。みんなで手をとり合って生きていこうって誓ったのよね。ね、ジュンちゃん」

「うん、そう」

自分でも驚くほど明るい声が出た。入部して一カ月、初めて暁子のことを好きだと思ったのは、その時だったような気がする。

その日、淳子たちは日が暮れるまで遊園地で遊んだ。空地でソフトボールをした後、「だるまさん、ころんだ」で、みんなはしゃぎまわった。

上級生も男の子たちも、あまりにも幼稚なことに淳子は驚いた。特に人が集まる場所ではそうだ。背の高い大学生たちが「だるまさん、ころんだァ」などと唱《うた》いながら歩くさまは人目をひいて、中には顔をしかめる通行人たちさえいる。そうすると、遠藤たちはますます大きな声をたてる。こうしたさまを見ていると、上京する時に母が言ったいくつかの注意は、すべて嘘《うそ》のように思えてくる。

「東京の男の人に気をつけるんだよ」

「調子にのっちゃいけないよ」

しかし、よく注意してみると、クラブの中にはいくつかのカップルがいた。遠藤の恋人は同じ二年生の女子学生だし、マネージャーの伊藤と会計の朝倉多美子は公然の仲だ。そういう部員をまとめる四年生の田代は、ただにこにことおとなしい。

なんでも高校時代は、青森県代表として国体に出たほどの腕前だということだが、そんなことはおくびにも出さない。二十歳をすぎたばかりの青年にしては深すぎる笑いジワがあって、それが彼をやや愚鈍そうに見せる時もある。

田代は機嫌《きげん》よさそうに、何度も同じことを繰り返して言う。

「さ、帰りは新宿へ繰り出そうぜ」

伊勢丹には何度か行ったことがあるが、その裏の歌舞伎《かぶき》町には一度も足を踏み入れたことがない。

石油ショックがあって、街のネオンの大半が消えてしまったということだが、淳子にはまぶしいほどの明るさだ。似たような学生やサラリーマンのグループがぞろぞろと歩いていく。

いつのまにか、暁子がしっかりと淳子の腕に自分のそれをからませていた。

「気をつけるのよ」

言いきかせるように顔をのぞきこんだ。

「人にぶつからないように注意するのよ。へんな人が多いから、からまれたりすると困るからね」

さっとからだがこわばった。

「そんなに怖がらなくて大丈夫よ」

暁子は笑う。

「今夜は田代さんとかみんながいるんですもの。私もついてるわ」

こくんと頷いた淳子の目の前に、大きなマクドナルドのネオンがあった。もう夜の九時をすぎているというのに、客が列をつくって店の中は昼間のように明るい。

「私、ここ一度行ったことがある。長崎にもあるんだよ。ここのマックシェイクっておいしいよね」

「じゃ買おうか」

暁子は淳子と腕をからませたまま、店の中に入ろうとする。すぐ前を歩いていた田代が、気配に気づいてふりかえった。

「吉岡、僕《ぼく》にもオレンジジュース買ってきてくれよ」

財布を開ける。シロッコにも、他《ほか》のスポーツクラブと同じような不文律があって、先輩は後輩に絶対払わせない。そのために田代はアルバイトをやっている。英文科の彼は、語学力を生かして外資系ホテルのボーイを時たまするということだが、白い帽子を被《かぶ》った田代の姿など想像もできない。柔和そうな顔立ちが好青年といえないことはないが、平凡で純朴《じゅんぼく》ないかにも地方出身らしい男だ。

田代は暁子が手わたしたオレンジジュースをごくごくとうまそうに飲んだ。

「はい、マックシェイク」

それは思っていたよりもはるかに大きかった。片手では持ちきれないほどの白い容器の中に、ずっしりとした液体が入っている。

ちゅっと吸うと、溶かしたアイスクリームのような甘さが舌全体をおおった。

「おいしい?」

暁子が尋ねる。

「うん。ちょうどこんな味だった」

暁子は満足そうに微笑《ほほえ》みながら、黙ってカップを自分の手に奪う。そしてごく当然のように、ちゅっと吸った。

「はい」

また淳子の手にそれが戻《もど》された時、淳子はまたまた面くらってしまった。タオルといい、ひとつの飲み物を二人で飲むことといい、暁子は全く抵抗が無いようだ。

白いストローの先は、にぶくネオンの光をあび、暁子の唾液《だえき》で濡れているかどうかはわからない。けれども、淳子はかすかに躊躇《ちゅうちょ》した。そしてそのことを気取られないように、嚙《か》みつくようにストローを吸った。すると、また暁子の手が伸びて、マックシェイクの容器を奪う。

二人の少女は、大通りを腕をからませ、一本のストローをかわるがわる使いながら歩いていった。暁子のからだは、日が暮れるとますます熱っぽくなる。二人の腕の重なる部分はねっとりと汗ばんできはじめた。

向こう側から人が歩いてくると、暁子はひょいと淳子の腕をひく。実に巧みに除《よ》けさせてくれるのだった。

いつのまにか、淳子は、暁子と触れ合う部分に力を込めていた。守られ、頼ることの心地よさは久しぶりだった。まだコンパの場所にも着いていないのに、体が酔ったようにふわふわとしている。

「この人、好きだあ……」

シェイクをちゅっと吸うたびにそう思う。どうして最初からこうしなかったのだろうか。つまらない意地を張って、かなうことのない相手に向かっていこうとした。そのことがやっとわかったのだ。


淳子たち一年生の女子学生に、すぐにあだ名がついた。それは「メダカちゃんグループ」というのだった。

「お前ら、いつでもどこでも一緒だなぁ」

とあきれる誰かに、

「とかくメダカは群れたがる」

と遠藤が茶々を入れ、そんなふうに呼ばれるようになった。週二回のトレーニングはもちろん、お昼は待ち合わせて必ず一緒に食べる。

できるなら講義もといいたいところだが、単位を選ぶ時期に知り合っていなかったせいかすれ違いが多い。そのかわり、空いている時間があると、いつも誰かしらが部室でメダカちゃんグループを待っている。

四人の気に入りの店は、喫茶店なら「メヌエット」、食事なら「好味屋」だ。日替わりのランチは種類が多く、そのうえにコーヒーまでつくのだ。

「ジュンちゃん、はい、あーん」

暁子は何か珍しいものが皿にあると、必ず切り分けて三人の口に入れてくれる。そんな時の彼女は、まるで母親のようだ。

「私って大学へ入っても変わらないわ」

暁子は笑う。

「高校の時も仲のいいグループをつくってね、女ばっかりで行動してたのよ」

「私、そんなこと信じられない」

真弓がコーヒーをすすりながら言った。

「アッコなら男の子にモテたと思う。きっとすごく騒がれてたんじゃない」

「そんなことないってば」

暁子は真赤になって否定する。

「私たちのグループってさ、みんな揃《そろ》って国立へ入ろうっていう誓いを立てて、勉強するのも一緒っていう子ばかりなの。男の子なんて入る隙《すき》なんかないわよ」

あいかわらず暁子は口紅もつけていないが、髪にはゆるくウエーブがかかっている。六月になってから髪を短かくしたのだ。このヘアスタイルだと少し老《ふ》けてみえるような気がするが、長い首すじがむき出しになり、顔全体がほっそりとした。暁子の美貌《びぼう》は、すでにキャンパスでも有名だ。

「でもねぇ」

真弓はなおも食いさがる。なぜだかわからないが、自分以外にこういうことをする人間に淳子はほんの少し不愉快になった。

「男の子に手紙もらったり、つきあってくれって言われたりしたでしょ」

「そんなことないってばぁ」

「隠さなくたっていいじゃないの。悪いことじゃないし」

「じゃ言うわ。一回だけよ。それも嫌《いや》な思い出」

「なんかされたの？」

これには三人とも身をのり出した。

「違うってば、嫌な想像しないでちょうだい。あのね、クラスで成績トップのコがいたの。もちろん東大、それも医学部めざしてたからすごくガリ勉してたのね。そのコが、どうも、私のことを、まぁ、好きになっちゃったらしいのね」

こんな時の暁子は、とても困った顔をする。小さいくせに大きな曲線を持つ唇《くちびる》は、何といっていいのか途方に暮れて、ときたま開いたままになることがある。

「それで日記に私のことをいろいろ書いたらしいの。それも嘘ばっかりよ。私とそのコがつき合ってて、どうした、ああしたって、まあ自分の夢を書いていたのね。それをそのコのお母さんが見て、大騒ぎになっちゃったの。うちのおかあさんにも連絡したから、私、おかあさんにすごくぶたれちゃったわ。私、自分の娘も信じられないのかって、ワンワン泣いちゃった」

「それで、それで、誤解はとけたの」

真弓が意気ごんで聞く。

「もちろんよ。でもおかあさんがまた言うの。そんなことをされるのは私に油断があるからですって。私、その男のコとは口もきいたことがなかったのよ。そのコ、その騒ぎで結局ノイローゼみたいになって転校しちゃったの。私、かわいそうだなぁって思ったけど、こちらには何の責任もないでしょう」

「そりゃ、そうよ」

淳子は大きく頷《うなず》きながら、いかにも暁子らしいと思った。きっちりと制服を着、男の子たちの視線をはじきとばそうとしていた高校時代の暁子が目にうかぶようだ。

そしてこんな女に愛されるのは、いったいどんな男だろうかと淳子は考える。長い受験勉強を終え、真弓も妙子も、そして自分もいっせいに花開こうとしているのがわかる。その中でも、いちばん純粋で美しいつぼみが暁子だ。けれども、彼女に似合うような男は、あたりにはいないのではないだろうか。

暁子の恋人になる男は、世界中でいちばん強くて素晴らしい男でなければいけないような気がする。

男嫌《おとこぎら》いと自分で言うけれど、暁子もいつか恋愛をするのだ。そう思うことは、確かに淳子を息苦しくさせる。自分に向けられる大きな黒い目が、男に向けられ、自分に差し出された一本のストローが今度は男に差し出される。それはひどく大きな損失のようにも思えるが、同時に自分の手で誰《だれ》かに見せびらかしたいようなことにも思われる。

ふと見あげる時の暁子の目が、どれほど熱っぽく輝やくか、悲恋映画を見終った暁子がどれほど愛らしく泣くか、淳子は誰かに見せたくなる時がある。けれどもそれは自分が納得し、祝福できる男でなければならなかった。

ともあれ、あのピクニック以来、淳子が暁子に、〝いれ込んで〟しまったのは確かなようなのである。

四人は時々、淳子のアパートに集まる時があった。暁子も妙子も、外泊を許されていないから、九時前には帰っていくが、それでも夕食を一緒につくり食べていく。

ひとり暮らしをしたことがない暁子は、ままごとのような淳子の生活を珍しがった。

「まぁ、小さな冷蔵庫。何が入ってるの。ねぇ、ねぇ、私お肉とお野菜買ってくるからさぁ、カレーをつくりましょうよ」

暁子は家事をしっかりと仕込まれているらしく、手ぎわよく野菜を切っていく。

「さ、さ、お皿出して。え、四枚ないの。じゃ、いい、私おわんで食べちゃうわ」

食器が足りないことも、山賊のように畳の上にじかに置いて食べることも、暁子にとっては新鮮な楽しさのようだ。

「いいな、いいな。私も一人暮らししたいな」

と何度も言う。

「何言ってるのよ。アッコはあんなに大きなお家《うち》があるじゃない」

妙子は中に入ったことはないが、浜田山の家まで暁子を迎えに行ったことがあるそうだ。

「お庭が広くって、邸宅って感じよね」

と何度も言う。

「ごめんね。本当はみんなにうちに来てもらいたいんだけど」

暁子はため息をついた。

「うちのおかあさんがうるさい人だから、きっとみんな気をつかっちゃうと思うの」

暁子には兄と姉が一人ずついて、どちらも非常に優秀らしい。兄の方は工学部出身でアメリカに留学中、四つ違いの姉は医大に通っているという。

「つまり、失敗しちゃったのは私だけなのね。末っ子の私が、第一志望に落ちた時、母はとてもショックだったみたい。ひどい教育ママっていうわけじゃないけど、どの子どもも、国立の中学、高校、大学ってすうっときたでしょ。自分の子どもが自分の思いどおりにいかないって初めてなのね、あの人にとって」

暁子はこんなふうな言い方をした。

知り合って二カ月、そろそろ自分の家族のことを語り始める頃《ころ》だが、淳子は何もないような気がする。

長崎市で、ガソリンスタンドを経営している父親と、その父を助けて経理を受け持っている母親。結婚して二人の子持ちの姉。あまりにも平凡すぎて話にもならない家族だ。

しかし、暁子の場合は違うらしい。話しづらそうな部分をあれこれ想像すると、極端なほど神経質な、東京山の手のインテリ家庭がうかびあがってくる。

どうやら暁子の母親は、娘が大学に失敗したのは、その「男好きする」容姿のせいだと思っているらしい。

「今でもね、十時の門限を破ったりすると、かなり本気でぶつのよ。私が外でなんかしてるとでも思っているのかしら」

もしかしたら、暁子の持っている潔癖さは、母親から身を守るためかもしれないと淳子は考えたりする。

そんな暁子が、ある日晴れ晴れとした顔でみなに告げた。

「ねぇ、今度の土曜日、私のうちに泊まりに来ない。両親が親戚《しんせき》の結婚式で大阪に行くの。お姉さんと二人っきりじゃ怖いって言ったら、おかあさんがいいって……」

「私、ダメかもしれない」

妙子が哀《かな》し気な声を出した。

「うちもアッコんとこと同じで、外泊禁止なんだもの」

「大じょうぶ。タエちゃんのママには、私の方から頼んでみる。私、おたくのママには信用があるからきっとOKよ。一緒に留守番してもらうっていえばいいでしょう」

確かにそれは暁子の言うとおりになった。

土曜日の夕方、妙子も混じえた四人は、浜田山の小さな駅に降りたった。

「すごく古い家なの。ボロボロだから笑わないでちょうだいね」

暁子はそう言いながら、駅前の八百屋でネギとシラタキを買った。スキヤキにするつもりで、肉はもう昨夜のうちに用意しておいたという。

「頑張《がんば》っていろいろつくろうと思ったけど、それよりもみなでゆっくり遊んだ方がいいでしょう。だから簡単にできるものにしたの」

商店街をすぎると、初夏のにぶい夕暮れの中に、静かな住宅地がひろがっていた。ブロックや石塀《いしべい》の上から見える木々は、ちょうどシルエットになりかけていた。

暁子の足が、石の門柱の前で止まった。表札だけがなぜか新しく、「吉岡」とはっきり読めた。

「ここよ。ちょっと待っててね。私、裏の方からまわって扉《とびら》を開けるから」

友人の家を訪ねるというのは、その相手のすべての秘密が解きあかされるようなものだが、その時もそうだった。

淳子は吉岡家に足を踏み入れたとたん、いかにも暁子の家らしいと思い、そして小さく安堵《あんど》のため息をついた。

その家は確かに大きかったが、風情《ふぜい》もなにもない家であった。庭には雑草がはびこり、中は廊下や階段がやたら広い。応接間は、絵や花が飾られていない替わりに、本がやたらごたごたと積まれていた。

ゴルフの雑誌も何冊かその中にあったが、淳子はどうしても暁子の父親を想像することができない。

製薬会社の部長をしているという暁子の父親は、でっぷりと太っているそうだ。

「医者のなんとかってやつでね。高血圧に悩んでるんだから始末におえないわ」

と以前暁子は言ったことがあるが、この部屋の様子から、肥満ぎみの明るい男は浮かんでこないのだ。

台所も食堂もひっそりと暗かった。テーブルの上にはビニールのクロスがかけてあり、置いてある醤油《しょうゆ》さしもコショウ入れも、実質本位の落としてもこわれないようなものばかりだ。

サイドボードの上には、「高血圧の食事」という本と並んで洋書が立てかけてある。暁子の兄か姉が読んでいたものかもしれない。

この家は食事をしながらテレビを見るという習慣がないらしく、テレビは廊下をはさんだ六畳の居間の方にあった。同じような部屋が幾つも続いている家だ。

「いやねぇ、ジュンちゃん、そんなにジロジロ見ないでよ」

黄色いエプロンをつけた暁子が、さもおかしそうに笑った。

「それよりもビールでも出してちょうだい。冷蔵庫の中に入っているから」

「え、構わないの」

「もちろんよ。大学に入ったらアルコールはOKになったの。お姉さんと時々一緒に飲むのよ」

そう言えばコンパで見る限り、暁子は決して酒が弱くない。

「私ね、おつまみに貝の〝ぬた〟だけ作っといたの。食べてちょうだい」

暁子は甲斐甲斐《かいがい》しく皿《さら》を並べた。外で会う時よりも〝けなげ〟という表現がぴったりだ。

スキヤキはとてもうまかった。牛肉はたっぷりと量があって、四人が食べ終ってもまだ皿に五分の一ほどが残っていた。

「パジャマ持ってきた？」

「持ってきた、持ってきた」

「お風呂《ふろ》先にする？　それともテレビ見ながらトランプしようか」

「トランプがいい」

セブンブリッジを一時間もやった頃、暁子はマニキュアの瓶《びん》を持ち出した。

「ね、この色、綺麗《きれい》だと思わない。春の新色なの。ちょっと塗ってみない？」

真弓以外はみんなマニキュアをしていた。といっても、薄いピンク色だ。

暁子が貸してくれたリムーバーでエナメルを落としていると、急にしんみりとした気分になる。

最初にそのことを言い始めたのは真弓だった。

「ねぇ、私、聞いたんだけど、アッコの噂《うわさ》」

「あら、私の噂ってなによ」

「ゴルフ部の伊坂さんに口説かれたって」

「そんなの嘘《うそ》よ」

暁子はコットンの上で、瓶をさかさまにした。

「映画を見に行かないかって誘われただけ。ちょうどもらった切符が二枚あるからって。それでたまたまいた私に声をかけてくれたのよ」

そんなことを本当に暁子は信じているのだろうか。伊坂というのはゴルフ部の部長で、アスコットタイをいつも締めているような男だ。典型的な附属出身者だといってもいい。

淳子たちの大学で、附属から来たものというのは、あきらかにわかる。たいていグループをつくっているし服装も派手だ。

「まるで私たちと住んでいる世界が違うっていう感じよね」

と暁子がよくため息をもらすほど、女はおとなびていて化粧が濃い。地方や都立の学校から来たものが、まだ半分高校生のようなのに較《くら》べ、彼女たちはハイヒールを履いて六本木や銀座に出かけていく。たいていが、附属出身の男たちと一緒だ。彼らは、車での通学は禁じられているというのに、近くの駐車場に外車や国産の新車を止めている。確か伊坂も白いブルーバードに乗っていたはずだ。

それにしても、常に淳子たちと一緒にいる暁子だというのに、どんな隙《すき》を見て伊坂は近づいてきたのだろうか。

「知らない。部室出て、トイレ行こうとしてたとこで話しかけられたんだもの。だから本当偶然なのよ」

暁子はあいかわらずのんきなことを言っている。

「そうよ、伊坂さんなんかやめときなよ。探せばもっとカッコいい人がいるよ」

淳子は力を込めて言った。

「たとえば、うちの白石さんとか?」

真弓が塗り上がったばかりのマニキュアに息を吹きかけながらつぶやいた。白石は三年生で、身長は百八十センチ近くあるうえに、甘く整った顔立ちだ。なんでも原宿に行った時に、一日三回もモデルにスカウトされたという。

「私、あんまりハンサムって好きじゃないわ」

暁子は片手の爪《つめ》を塗り終った。口紅は塗らなくても、いつも透明のマニキュアはかかさない彼女の爪は、綺麗に整えられている。もともと長くてほっそりした爪なのだ。

「なんだか信用できないような感じがするじゃない。私は田代さんみたいな人がいい」

「えーっ」

大きな声を出したのは淳子だった。

「アッコはああいう人が好みなの？」

「違う、違うってば」

暁子はあわてて手を振る。

「やさしくて素敵だなあって憧《あこが》れてるだけよ。田代さんが私なんか相手にしてくれるはずがないじゃない」

「どうして」

淳子は驚いてしまう。田代こそ、みんなが振りかえるような美少女の暁子の相手にふさわしいとは思えない。性格のよさは認めるものの、もっさりとした田舎の青年だ。

「アッコは男の人に免疫がないから、それで身近な人に魅《ひ》かれちゃうんだよ」

「そんなことないと思う。田代さんって、やさしくて思いやりのある人。あら」

暁子はまた赤くなる。

「こんなこと言っちゃ駄目《だめ》よ。絶対に黙っててね。本当よ。私、恥ずかしくってもうクラブに行けなくなっちゃう」

両手で頬《ほお》をおさえる暁子が不思議だった。

どうしてこんなに謙遜《けんそん》するんだろう。

自分が暁子だったら、もっと着飾り、もっと自慢気にふるまうはずである。それなのに彼女ときたらいつも地味ななりで、男に対しても控えめにしている。暁子の価値をいちばん認めていないのは、実は暁子自身のようで淳子は時々いらつくのだ。

四人がマニキュアの仕上げをするため、急に無口になった時だ。引き戸を思いきりひっぱる音がした。

「あ、お姉さんが帰ってきた」

暁子が立ち上がる。それは肉親を出迎えるにはあまりにも素早い身のこなしだった。

淳子たちもそれにつられ、すっと腰をうかした。

「キョンちゃん、お帰んなさい。昨日話したとおり、みんな遊びに来たわよ」

電気を落とした台所に、若い女が入ってきた。淳子は目をこらし、その顔立ちから暁子と共通なものを探そうとしたが、ほとんどない。暁子の方がはるかに美しかった。

似ているところといえば、彼女も素顔に近い薄化粧だ。白いサマーセーターに紺のスラックスと、ここの家の娘はあまり服装に構わないようだ。

「姉です。京子っていうのよ」

「いらっしゃい」

その女は、おそろしく素っ気ない声で言った。

「えーと、右から、タエちゃん、ジュンちゃん、それから真弓。私がいつも話してるから誰が誰だかわかるわね」

暁子はことさら明るい声をたてた。

「そうね」

京子は一応こちらの方向を見やったが、淳子たちに全く興味を持っていないことはその目を見ればすぐにわかった。

「キョンちゃん、夕ご飯食べたの？　スキヤキのお肉が残ってるけど」

「いらない。友だちと食べてきた」

京子はだるそうに答える。彼女は若い女にしては武骨な黒い皮バッグを片手に持っているが、どうやらその中には本がどっさり入っているらしい。いかにも重そうだ。それを持つ右手の爪は長く伸びていて、ピンクのパールのマニキュアが施されていたのを、淳子はすばやく見てとった。

「じゃ、みなさん、ごゆっくりね」

「ありがとうございます」

真弓も妙子も同時に叫んだ。やはり医大生ということでかなり緊張していたに違いない。

階段を登っていく京子に、暁子の声が追いかける。

「キョンちゃん、宮下さんっていう人から電話があったわよ。帰ってきたら絶対に電話をくださいって。私、ちゃんと伝えたからねえ。本当に電話してよぉ」

京子は何も答えない。ただみしみしと階段を踏みしめる音が聞こえる。たぶん宮下というのは男だろうと淳子は思った。

「あの人も大変なのよ」

天井を指さしながら暁子は言う。

「ほら、国立の医大なんて女がいないところでしょう。だからうちの姉ぐらいでも、男の人に追いかけられて大変みたい」

「そうよね。綺麗だものね」

真弓が言う。妹と並べばかなり落ちるが、暁子が美しすぎるのだ。京子一人だったら、まずまずの美人ということで落ちつくだろう。

「綺麗じゃないわよ。あの人、高校まではすごいガリ勉で、牛乳瓶の底みたいな眼鏡かけてたんですもの。泣きながら勉強してたわね、毎晩。だから、ちょっと変わってるのよ、あの人」

暁子は天井を見上げた。みしみしという音は、今度はそこから聞こえる。

「男の人に対しても、すごく冷たいわね。何もあそこまでしなくてもいいんじゃないかって思うことをするわ。とっても相手が可哀相《かわいそう》になっちゃう」

「ふうーん」

三人も何とはなしに天井を眺《なが》めた。

「さ、紅茶でも淹《い》れるわ。私、キョンちゃんのところへお茶を持っていかなきゃいけないから」

暁子は腰をあげる。実の姉を「あの人」と呼んだり、その反面、細かく気を使う暁子のやり方がいまひとつ淳子には理解できない。

「東京のうちって、みんなこうなのかなぁ」

そうはいっても、東京の友人のところへ来たのはこれが初めてなのだ。しかも暁子の家は、とびきりインテリの山の手階級ときている。それにしても、京子の出現で多少居心地が悪くなったのは確かだった。

「ねぇ、みんな、私の発表会の写真見る」

そんな空気を察してか、暁子がアルバムを持ち出した。彼女が中学生の時から、謡《うたい》を習っていることを、ごく最近淳子は知った。

「ほら、これ、国立小劇場の発表会の時よ」

高校の制服姿の暁子が舞台の上で正座している。セーラー服だと、暁子の端整な顔はますます強調されるようだ。短かく切った前髪の下で、それが特徴の大きな瞳《ひとみ》がキラキラと輝やいている。

「すごいじゃない、もう本格的ね。ね、舞台に出るのおもしろい？」

自分も幼ない頃《ころ》は日本舞踊を習っていたという妙子は、一枚一枚に歓声をあげる。

「うん、私みたいに若いのは珍しいからね、拍手がいっぱい来るの。それがとっても嬉《うれ》しかったわ」

「アッコって……」

妙子が感に堪えぬように言った。この娘は最初から熱烈な暁子ファンなのだ。

「本当に何でもできちゃう人なんだから」

それは淳子も同感だった。同じ年数を生きてきたというのに自分は何ひとつできない。知れば知るほど暁子がその奥行を見せていくのとは対照的だ。

けれどそんなことを言えば、暁子はきっと明るくこう言うだろう。

「だってあなたたちは一人暮らしをしてるんですもの。自分でお料理をつくって、ちゃんと暮らしてるのはそれだけで立派よ。私なんかおかあさんに毎日ガミガミ言われてるけど何もできやしない。本当よ」

暁子は慰めることさえ巧みだった。


その日、淳子は外食をしようと思いたった。夫は店に出ている時間だから、息子の雅和と二人だけになる。表参道を青南小学校の方に行ったところに、小さな和風レストランがあり、そこは友人が経営している店だ。子ども連れで心おきなく食事ができる数少ない場所だった。

智美の結婚式は明日に迫っていた。会場はニューオータニだが、ビュッフェ式の気楽なパーティーよと釘《くぎ》をさされている。けれども気を抜くことはできない。なにしろ、八年ぶりに暁子に会うのだ。

今日は久しぶりにエステティックに行き、マニキュアもしてもらってきた。銀色の爪は茶碗《ちゃわん》ひとつでも洗おうものなら、すぐにはがれそうだ。

「だから、外にご飯を食べに行きましょうね」

と雅和に告げると、意味もわからないままにキャッキャッとはしゃいでいる。赤ん坊の頃から、いろんなところへ連れ出していたから、雅和は三歳にして相当の出好きである。

一応予約を入れようと、リビングルームの電話へ近づいていったら、向こうからリーンと鳴った。

「もし、もし、淳子ォ」

相手はなんと智美だった。

「どうしたのよ、花嫁さんが。明日は結婚式でしょう」

「それがさ、ま、独身最後の夜っていうことで夕方から飲んでるのよ」

「あきれた」

「彼も一緒だからいいじゃない。それでさ、いまどこにいると思う」

「うちの店に来てくれてるんでしょう」

夫の店には、レストランの横に小さなバーがある。東京でウェイティング用のバーが珍しい頃につくったもので、当時はマスコミに珍しがられたものだ。

本来はアペリティフを飲ませるところなのだが、全部大理石でしつらえたアール・デコ風のつくりを気に入って、ここに腰を落ちつける客も多い。智美は常連の一人だった。

「それでさ、誰《だれ》と一緒にいると思う」

「だから、明日からダンナさんになる人と一緒なんでしょ」

智美のフィアンセは、イギリスの出版社の日本支社長をしている。もちろん英語が流暢《りゅうちょう》で、ちょっと食事をするのにもタキシードを着こむようなしゃれた男だ。

「ハズレー、あなたのよく知っている人よ」

「私の？」

「そう。吉岡さん、いや、今は結婚してるから伊藤さんかな」

そうは驚かなかったと自分では思う。いずれ明日会うことになっているのだ。

「あいかわらず、彼女、とっても綺麗よ。あなたのこと懐《なつ》かしがっちゃってさぁ。今日、ホテルから電話をもらって、あなたのことを話したのよ。そうしたらご主人のお店へ行きたいっていうから、連れ出したっていうわけなの」

「そう、ありがとう」

そう答えたものの、あまりいい気分はしない。

青山の墓地近くにある「マドレ」は、客種がいいことで定評がある。芸能人や、広告や出版のマスコミ人種が多いのは、夫の雅也がもとフリーのライターをしていたせいだ。

大学生の頃から、若者の情報雑誌に原稿を書いていた雅也は、趣味の延長ともとれる仕事を十年以上続けていた。三十を機になにかしようと思いたった時、まず浮かんだのはレストラン経営だったと淳子に言う。

「十代の頃からマスコミをやっていたんだから人脈はたっぷりある。多少不味《まず》いものを出したって平気だよ」

そんなおかしな言い方が、淳子へのプロポーズになった。その時、淳子は二十六歳で、雅也と同じ出版社の国際局にいた。

そこは名前からは想像できないほど地味な部署で、フランスからのファクシミリなどたまにしか入ってこない。翻訳者のところへ原稿を取りにいくような雑用ばかりで、しかも淳子は嘱託だから給料も安かった。

いいかげんあきあきしていた時に、雅也と知り合い、すぐに結婚を申し込まれた。

「絶対不自由はさせないよ。僕《ぼく》は女房《にょうぼう》に貧乏ったらしい格好をさせてるやつって信じられない。楽しいことやおもしろいことは二人でっていう主義だから、結婚してもうまくやってけるって思うな」

もちろん、こんな言葉を全面的に信じていたわけではないが、目はしのきく男というのが、人々の雅也に対する評だった。

実際、札幌《さっぽろ》の小金持ちの父親から、遺産の前借りということで金をもらうと、たちまち雅也はレストラン経営に乗り出したのだ。

「店の紹介の仕事は山ほど書いてきたから、どんな店がウケるかわかってるつもりさ。君も青年実業家の妻っていうことでどう」

おもしろい男だと思ったのが最後、気がついたら指輪をはめられていた。二十六歳という年齢も気になったし、それより何より、お腹《なか》の中に雅和が住みついてしまったのだ。

結婚して四年、約束どおりとはいかないが、都心のマンションに住み、並よりはずっといい暮らしをさせてもらっているのは事実だろう。「マドレ」も腕のいいシェフに来てもらい、経営も安定してきた。今では雅也は、ちょっとした成功者として、昔の仲間の雑誌に出ることがある。巷《ちまた》で話題の「港区サクセス・ストーリー」というやつだ。

しかしこんなことを、暁子に説明してもはじまらない。所詮《しょせん》、淳子は水商売の男のところへ嫁いだ女と思われるだろうし、今夜、雅也はワインの一杯も暁子のところへつぎに行くはずだ。客相手の仕事だから、もちろん腰を低くし、愛想《あいそ》笑《わら》いのひとつもうかべるだろう。

あれやこれや考えると、智美のおせっかいに腹が立ってきた。

「だからさぁ、あなたもこっちに来て、一緒にお食事しましょうよ。たまには、ご主人のところでディナーを食べるのもいいでしょう」

それなのに、受話器の向こうの智美はのん気なことを言っている。

「冗談じゃないわよ」

思わずきつい声が出た。

「こっちは子どもがいるのよ。置いてのこのこ出ていけますか」

電話を切ったら、もう食事に行く元気など無くなってしまった。

「おかあたまぁ、早く、車のろ」

着替えをさせたばかりの雅和が、リビングの椅子《いす》ににじりよってきた。ずっとおかあさまと呼ばせているのだが、まだうまく口がまわらない。

「ミサおばちゃんのところへ行って、ごはん食べるんでしょ。早く、車、車」

「まあちゃん、あのね、急におかあさま疲れちゃったの。わかる？　だから出かけないで、出前でおいしいもの食べよ」

この界隈《かいわい》で出前は、鮨《すし》やソバばかりとはかぎらない。味はかなり落ちるものの、洋食のフルコースや懐石のセットさえ届けてくれるところがあるのだ。

「午前五時まで営業」というのが謳《うた》い文句で、ピンク色のミニカーがすぐさま運んできてくれる。

「君もさ、レストランのオーナーの妻だったら、こういう不味いものを食べないでくれよ」

と雅也は文句を言うが、今夜のような場合は仕方ない。自分にビーフシチューとサラダ、雅和にはハンバーグとポタージュをとった。

雅和はまだうまくフォークが使えない。そのためもあるだろうが、ハンバーグをひと口食べてはそこらへんを歩いたり、テーブルの下にもぐったりする。落ちつきがないことははなはだしい。

保育園では集中力をつけるために、特別のレッスンをする。園児にひとつの絵を長い間見せ、それについての感想を話させたりするのだ。

ある有名幼稚園の入試では、子どもたち数人で積み木遊びをさせる。すぐに飽きて、その場を離れようとする子どもには、厳しい失点になるのだ。

「まあちゃん、ご飯を食べる時は、一生懸命に食べなきゃダメ。わかった？」

テレビのスイッチを入れようと立ちあがる雅和の腕をぐいとつかんだ。

「いやー」という悲鳴と重なるようにまた電話が鳴った。

「おい、もうメシ食べちゃったのかい」

夫からだ。

「智美ちゃんから話を聞いたよ。せっかく友だちが来てるんだったら出てくればいいじゃないか。雅和だったら、今から僕が帰ってもいい」

「そんな心配しなくてもだいじょうぶ。どうせ明日会えるから……」

「ちょっと待て。伊藤さんっていう人に替わる」

呼吸を整える間もなく、確かに記憶のある声が聞こえてきた。

「もしもし、ジュンちゃん。私よ、アッコ」

どうしてこれほど明るい声が出せるのだろう。これで淳子はもう構えたり、拒否したりすることができなくなったではないか。

「懐かしいわぁ、本当に懐かしいわぁ。智美さんから話を聞いて、どうしても会いたくなっちゃったのよ」

少なくとも声は変わっていない。やや早口でたたみかけるような喋《しゃべ》り方だ。「しちゃった」とか、「そうだわ」という話し方は、長いこと淳子にとって苦手なものだった。

「ねぇ、出てらっしゃらない。智美さんとフィアンセをいつまでもひきとめておくわけにもいかないし。ねぇ、一緒に飲みましょう」

「ええ、でもねぇ。私、子どもがいるのよ」

「そうですってね。うちにもいるのよ、男の子」

「あら、そう。幾つだったかしら」

「五つ。来年は小学校よ。びっくりしちゃうでしょう。私が小学生の母親だなんてね。あら、ちょっと待って……」

もう一度夫の声がした。

「それじゃあな、みんなをうちにつれてくよ。智美ちゃんたちの最後の夜だから、祝杯をあげようぜ」

「ちょっと待っててよ。すごく散らかってるわ」

「みんな食事してから行くっていうから、あと二時間はかかるよ」

せっかちに電話が切られた後、淳子は途方にくれた。

店が近いから、雅也が客を家につれてくるのはそう珍しいことではない。客といっても半分は友人のようなものだ。智美もそのフィアンセも「マドレ」の食後酒はしょっちゅう、このマンションで飲んでいた。

ツーベッドルームに、十五畳ほどのリビング。知り合いの編集者に頼まれて、インテリア雑誌にも載ったことがあるから、そう趣味が悪いうちとも思えない。マレンコの皮ばりのソファに、特別注文のスタンドのあるこの部屋は、読者の憧《あこが》れの対象には十分なったはずだ。

けれども暁子はこの部屋を何と思うだろうか。趣味が悪ければ軽蔑《けいべつ》されそうだし、よければよかったで成金の感想を持たれそうだ。

淳子はあの浜田山の家を思い出した。

ただ広いだけで暗く、なんの個性や趣味を持たないようなあの家に、この

ＬＤＫのマンションがかなわないと思うのはどうしてだろう。少しいらいらしているとと淳子はわかった。

「さ、早く食べるの。これからお客さんが来るんだから」

お客さんというと、雅和は目を輝やかす。客好きで宵《よい》っぱりのところまで父親にそっくりだ。

寝たがらない雅和をやっとベッドに連れていくと、壁のインターフォンが鳴った。このマンションはオートロックになっている。雅也は鍵《かぎ》を持っているのだが、とり出すのがめんどうくさいらしくてよく下から呼び出すのだ。

「おーい、開けてよ」

酒を飲んでいるらしく、雅也は大きな声を出した。後ろの方でざわめいているのは、女たちのしのび笑いだ。

「暁子がいる！」

扉《とびら》を開けた。智美の傍《かたわ》らに、白い麻のジャケットを着た女が立っていた。暁子は心もちふっくらしていたが、大きな目はそのままだ。

想像以上でも、それ以下でもなかった。淳子が怖《おそ》れていたのは、暁子が洗練された自信たっぷりの女になって自分を威圧することであり、その反対にあまりにもみじめったらしい女となって目の前に現れ、沈んだ気分にさせることだった。暁子はそのどちらでもなく、十八歳の暁子がまさしくこうして三十歳になったという自然さがあった。

服装はあいかわらず無造作なところがあり、せっかく麻を着ているというのに、水色のスカートは厚ぼったいウールだ。それでもシルクのスカーフでおおった胸もとのあたりに、人妻らしい色気がにじんでいる。

「智美さんの結婚式で会えるって、楽しみにしてたのよ。だけど私、明日は式が終ったらすぐに帰らなきゃいけないの。どうしようかと思ってたら、今日こんなふうに会えるなんてね。本当によかったわ」

「お前と伊藤さんは、一年生の時にクラブやってたんだって？」

雅也が上着をほうりなげながら尋ねた。

「ええ。でも私がやってたのは、本当に半年足らず……」

「淳子さんっておかしいのよ」

暁子がクスッと笑う。

「スキー部に入ったのに、スキーをやらないうちにやめちゃうんですもの」

「あら、いやだ。でも春、夏のトレーニングはちゃんとしたじゃないの。あれはスキーよりも疲れるのよ」

「はい、はい、わかっております」

暁子がおどけた口調で言うと、みんなどっと笑い、ウイスキーの栓《せん》が開けられた。

雅也もすっかり二人のことを、仲がよかった旧友同士と思っているようだ。

「だけど違うのよ」

あの日のことを、この場で言えたら、どれほど気持ちがすっきりするだろう。

暁子自身さえも、すでに忘れているあの日のことだ。

「ねぇ、おたくは男のお子さんだったかしら」

グラスに唇《くちびる》をつけながら、不意に暁子が聞く。

「そう、男の子が一人。本当はもう一人いてもいいかなって思うんだけど、こんな都心の真中でしょう。郊外に越せるような余裕ができたら考えるわ」

「そんなこと言って、羨《うらや》ましい」

淳子は驚いて暁子を見た。暁子は「羨しい」などと言う女ではなかった。少なくとも、自分に対してはそうだった。もっとも、そのことに気づいたのは、ずっと後だったけれども。

暁子はみなのグラスに氷を落とし始めた。その爪《つめ》が素顔なのをとうに淳子は気づいている。

「仙台はとっても暮らしやすいところなんですけれど、子どものことを考えると、ちょっと可哀相《かわいそう》になります」

「お子さんはおいくつですか」

雅也は機嫌《きげん》がいい。夫は美人を目の前にすると、露骨に相好を崩す人のよさがあった。

「来年、小学校入学なんです。のびのび育ってはいるんでしょうけど、東京の子どもさんたちと較《くら》べるとやっぱり焦《あせ》ってしまうわ」

「いやぁ、やっぱり子どもは自然の中でのんびりと育った方がいいですよ。僕は札幌の郊外の野幌《のっぽろ》っていうところで生まれたんですけどね。原っぱを走りまわったり、木に登ったりして遊んだのは、本当に貴重な体験だったと思いますね。冬は雪ばかり降ってうんざりしたけど、あれもよかったかもしれないなぁ」

「そうでしょうね。でも私みたいな東京育ちのものにとっては、親がしてくれたことと同じことを、子どもにしてやれないっていうのはやっぱりつらいわ」

「なるほど」

雅也は何もわかっていないと淳子は思った。暁子が言いたいのは、子どもの教育のことなどではないのだ。自分や雅也が東京の真中に住んでいることを幸運ときめつけ、その幸運をかすかに皮肉っているのだ。

暁子がどれほど誇り高い人間かということを、雅也は何も知らないのだ。あの日まで、淳子だってそうだった。

夏休みの軽井沢合宿が終り、淳子はいったん長崎の自宅に帰った。夏がこれほど淋《さび》しかったことはない。淳子は毎日のように、郵便受けに走った。

「淳子は、東京に好きな人でもできたとね」

と母親が笑ったほどだ。

「うん、大好きな人。私、あんなに綺麗《きれい》で、頭がよくて、何でもできる人知らんとよ」

それに情熱家でと言おうとして、淳子は口をつぐんだ。情熱などという言葉を、母親に言うのはやはり恥ずかしい。

あの時の暁子の顔を、この頃よく思い出す。合宿の最後の夜は、無礼講となって飲めや歌えの大騒ぎになる。その時、感情が高ぶったらしい暁子はわっと泣き出したのだ。

「田代さんのことが好きなのよ……」

「わかってる、わかってるってばぁ」

一年生の女の子たちも、暁子のまわりをとり囲んで、なぜとはなしに涙ぐんだ。

「あら、私ったらおかしいわね。さっき田代さんが、合宿締めくくりの挨拶《あいさつ》をしたでしょ。すごくそれがよかったの。そしたら私、私……。四月からずっとあの人のことを思い続けてきた私って何だろうなあって思っちゃったのよ」

暁子の目は涙でうるみ、睫毛《まつげ》も黒々と濡《ぬ》れている。そして淳子は、こんな女を愛さない男などいるはずがないと思うのだ。

座はすっかり乱れ、遠藤たちは一升瓶《びん》をかかえ始めた。小さなグループがあちこちに出来ている。その中にあって、こっそり外に出ていこうとする二人連れがいる。クラブ公認のカップルというやつだ。

いちばん上座の田代は、一人でビールをついでいる。あまり酒が強くない彼は、目のふちがすでに赤い。さっき三年生たちに囲まれて、さんざん飲まされていたのだ。その田代は、さっきからこちらの方を見ている。やがて意を決したように言った。

「吉岡」

「はい」

暁子ははじかれたように立ち上がる。

「ちょっと、ちょっと外に散歩に行こうか」

酔うと田代はますます訛《なま》りが強くなる。けれども暁子は、呆《ほう》けたように立ち上がったままだ。

「はい……行きます」

「よかったねぇ」

「目立たないように早く行きなよ」

祝福の言葉をささやきながら、淳子は田代に軽い憎しみを感じる。どうして田代程度の男が、臆面《おくめん》もなく暁子に近づいていこうとするのだろうか。その時彼は確かに、自分でも信じられないほどの幸福に、一歩足を踏み出そうとしていたのだ。

酔ったふりをして、田代はふらふらと外に出ていった。

そして夏休みの東京で二人はしばしば会っていたらしい。届いたばかりの暁子の手紙にもそう書いてあった。

「このあいだは初めて二人で映画を見に行きました。今までグループで男の子とつきあったことはあるけれど、二人っきりになるのは初めて。田代さんはアルバイトがあるから、今年の夏はおうちに帰らないそうです」

暁子の文字はとても美しい。封筒や便箋《びんせん》も、模様やマンガなどついていない。白の上質のものを使うからなおさら整ってみえる。

そして最後には必ずこう書かれているのだ。

「ジュンちゃんやみんなに会えないのがとっても淋しい。私たちって、やっぱりみんなにからかわれるようにメダカちゃんなのかしら」

けれども淳子だけは、八月になると暁子に会える。二人だけで旅行することになっているからだ。

夏休み前、まだ一度も富士山を見たことがないと言った淳子に、暁子がこんなことを言い出した。

「じゃあ、一回行ってみましょうよ。私も富士五湖好きなんだ。日帰りもできるけど、向こうで一泊して、ね」

最初は四人で行くはずだったのだが、まず妙子に別の計画ができた。前からの約束で、高校時代の友人と北陸へ旅行することになったという。

「そう何度も遊びに行けないわ。合宿の費用もアルバイトでやっとひねり出したんですもん」

真弓も休暇中は実家に帰ってくるようにと親から叱《しか》られたそうだ。

「でも私たちは二人でも行きましょう。せっかく楽しみにしていたんですもの」

暁子の言葉が淳子には嬉《うれ》しかった。たとえ二日間でも暁子を一人じめできる。

今までどちらかというと、淳子と真弓、暁子と妙子という組み合わせがあったのだが、今回の旅行で淳子は妙子の座を奪えるかもしれなかった。

「アッコちゃん、お手紙ありがとう。私は長崎で、本当につまんない日々をおくっています。自転車に乗って、川沿いの道を走っていると、タエちゃんとかみんなで、渋谷にお買物に行ったり、新宿に映画を見に行ったりしたことがみんな嘘《うそ》みたいな気がします。本当にまたあの世界にもどれるのかしらんと、ちょっと不安になったりします。八月十五日からの山中湖行き、本当に楽しみ。宿や切符の手配をしてくれてありがとう。いつもアッコにばかりやらせて、本当に悪いと思っています」

追っかけるようにすぐに返事が来た。

「宿とれました。最初はユースホステルにしようかと思ったんですけれど、頑張《がんば》って民宿にしました。山中湖の近くの宿です。それより大変だったのは切符で、渋谷の交通公社に並んじゃった。私たちってバカね。お盆でいちばん混《こ》む時に、どうして旅行しようなんて思ったのかしら。好きだから仕方ないか。それとお願いがあるの。姉がどういう風の吹きまわしか、山中湖だったら私も行きたいわなんて言い出したの。姉はあのとおり変わった人だし、もしかしたら迷惑をかけるかもしれないけど、連れてっちゃダメかしら。ベタベタするのが嫌《きら》いな人だから、女三人で出かけてもそう疲れることはないと思うけど……」

　意外な内容だった。京子には一度しか会ったことがないが、見るからに偏屈な印象をうけた。しかしそれは聡明《そうめい》なとも言い替えることができるのかもしれないと淳子は考え直す。

おまけに淳子の中には、田舎娘らしい見栄《みえ》や好奇心がある。暁子のような育ちの人間や、女医の卵とつき合うなどというのは初めての経験なのだ。

気を使うこともあるだろうが、姉妹と旅行するのもおもしろいかもしれない。暁子の姉と仲よくなるというのは、妙子でさえできなかったことなのだ。

「もちろんOKよ。アッコも知ってるとおり、私は気がきかないしグズだから、きっとめんどうをかけるかもしれない。でも三人で楽しくやっていきましょうね」

淳子はそんな返事を書いた。


バスから降りると、湖はくもり空の下でどんよりと濁って見えた。

「午後からは晴れるって言ってたけど、天気予報ってあたらないわね」

京子が手をかざすようにして遠くを見る。Tシャツ姿になると、彼女は妹よりもずっと痩《や》せている。そのためかどうか声が小さい。抑揚のない声は、たえず不機嫌そうで、それは自分のせいかもしれないと淳子はおびえたりする。

しかしそれは、京子本来の性格らしい。二時間ほど前、三人は近くのドライブ・インで昼食をとったのだが、刺身定食のマグロを箸《はし》でつまみ、京子はしげしげと眺《なが》めた。そしてこんなことを言う。

「ふうーん、山国の人って変わってるわね。こんなに不味《まず》い刺身を出すより、山菜でも出した方が気がきいているのにね」

それは誰《だれ》に聞かせるというわけではない。何かしら皮肉めいたことをつぶやくのが、頭のいい女の特徴なのだと淳子は思ったりする。

そして自分はといえば、いつもよりはるかに無邪気で、世間知らずの田舎娘の役を演じているようだ。京子が立ち止まって、英文で書かれた碑などを読んでいようものなら、淳子はかけ寄っていかずにはいられない。

「わぁ、おねえさんって、やっぱり英語も達者なんですね」

そんな時、京子は何も答えない。薄い唇にうっすらとした笑いをうかべるだけだ。

淳子は秘《ひそ》かに、京子の同行を承知したことを後悔した。暁子と二人きりだったら、ずっとのびのびと振るまえたはずだ。

「風がいい気持ち。ねぇ、みんなで写真撮ろうよ」

暁子が明るい声をあげる。トレーナーにジーンズという服装だが、布の帽子をしっかりかぶっているのが、いかにも暁子らしかった。

「あなたたち二人で並びなさい。私が撮ってあげる」

京子がやや命令口調でいい、暁子はバッグの中からカメラを取り出し、それを渡す。

「あーっ」

湖の方を向いていた暁子が、突然大きな声を上げた。

「富士山が見える、ほら」

ほんの一瞬の間に雲の流れが変わって、切れ目からぽっかりと富士山が顔をのぞかせている。

「綺麗ねぇ、さすがだわ」

京子も感に堪えぬように言い、湖から目を離さずに歩き出した。湖の上の空中にうかび上がっている夏の富士山は、水色に近い紺色で、あたりに絹のようなやわらかい雲をはべらしている。

「ふうーん」

京子は後ずさりするように歩き出す。姉妹というのは、こういう時似るものなのか、暁子も京子の右横に立って、やはりうしろ向きに足を運ばせる。

二人と真向かうような位置に淳子はいた。

「あぶないなあ」

湖へと向かう車線は、そう混んでいるわけではないが、車がかなりのスピードを出している。その片側の車線はさっきから車が一台も通っていない。それをいいことに、二人はのろのろと後ろ歩きしているのだが、次第に道の真中へと近づいていくようだ。

赤い車があちら側から走ってくる。屋根の部分が、さしはじめた陽《ひ》ざしできらきら輝やいて見える。やけにアクセサリーが多い車だ。フロントグラスに、小さな影がいくつも揺れているのが見えた。

その影が突然方向を変えた。赤い車は車線をとび出して、京子と暁子をめがけて進む。

「キャーッ」

悲鳴が起こった瞬間には、車は元の位置にもどっていた。赤い車は、まるで猫《ねこ》がひょいと手を出すように若い女二人をからかったらしい。

京子も暁子もことのなりゆきがわからず、しばらく啞然《あぜん》としたまま立ちすくんでいた。

「キョンちゃん、痛ぁい」

暁子が不意にうずくまった。左頬《ほお》をおさえている。その何秒か前、淳子は幻のように、京子の持っているカメラが大きく弧を描いて、その頬をうったのを見た。

「痛ぁい、車にぶつかったのよ」

暁子はうずくまったままだ。淳子は、自分がもしかすると笑いをうかべているかもしれないと思った。カメラがぶつかったぐらいだから、たいした傷は無さそうだし、非はもともと二人の方にある。いくら観光地だからといっても、暁子たちは道の真中を後ろ向きで歩いていたのだ。

「痛ぁい、キョンちゃん、車がぶつかったのよ。痛ぁい、痛ぁい」

しかし暁子は車のせいだと言い続ける。うずくまる様子が見えたのか、赤いカローラはのろのろとスピードを落とし、そして止まった。

しばらくしてから車はバックする。暁子のすぐ近くで再び止まり、中から四人の男たちがとび出してきた。長髪にマドラスチェックのバミューダという、典型的な田舎の青年たちだ。

「すいません。だいじょうぶですか」

それでも一応の礼儀は心得ているらしく、頭をぺこぺこと下げる。

これでいいと淳子は安心した。青年たちは謝ったのだし、きっかけは罪の無い軽い悪戯《いたずら》なのだ。京子も暁子もそう大げさなことにしないに違いない。淳子はほっとした気持ちで、ゆっくりと暁子に近づいた。

その暁子はすっくと立ち上がる。

「あんたたち、許さないわよ」

暁子の金切り声は別人のようだ。暁子がこれほど下品な声を出すなどと、今まで淳子は考えたこともなかった。

「あんたたち、全員、警察に訴えてやる」

「そんなこと言わないでぇ、許してくださいよ」

代表格らしい若者の一人は、卑《いや》しい笑いをうかべたままもごもごとつぶやく。

「許してなんかやるもんですか」

京子は悲鳴に近い声をあげた。

「妹をこんな目にあわせて、あんたたちなんか、みんな牢屋《ろうや》に入れてやる」

「そうよ、そうよ」

眉《まゆ》をつり上げ、唇《くちびる》をゆがめると、京子も暁子もそっくりになった。なんだか怖い芝居を見ているようだと淳子は思う。二人の変身ぶりはあまりにも突然すぎる。激昂《げきこう》している二人は、何かの拍子に笑い出すような気さえしてくるのだ。それほど強い感情をむき出しにする人間を、今まであまり見たことがなかった。

空はすっかり晴れ、真夏の太陽がアスファルトをじりじりと熱し始めた。青年はもう一度頭を下げる。

「本当に許してくださいよ」

「許さないったら、許さないわよ」

青年はもぞもぞとゴム草履の足を動かした。車にもどろうとしている。

「キョンちゃん、車のナンバー憶《おぼ》えてね！」

「うん、憶えた」

ドアを閉めようとする青年を、もう一度睨《にら》みつける。

「そんな……。許してくださいよ」

最後は消え入りそうな声になって青年は頭を下げた。彼を乗せた後、車はためらうようにスタートし、そしてゆるゆると消えていった。

「キョンちゃん、一一〇番ね」

「うん、わかった」

二人はすぐ目の前のドライブ・インのドアを押した。

「電話貸してください。いま轢《ひ》き逃げされたんです」

「ええーっ」

太ったおばさんがとび出してきた。

「それから氷もください。妹が大変なんです」

京子は大声を出して進みながら、後ろを振りかえった。さっきの青年たちに向けたのと全く同じ眼《め》だ。さっきからひと言も発していない淳子は、困惑のあまり、口元にゆるい笑いがこびりついていたかもしれない。


その警察署は冷房がきいていなかった。天井が高い木造の建物で、開けはなした窓から駐車場が見える。暑い盛りだというのに、子どもたちの鬼ごっこの声が聞こえる。

これまた古びた木製の机の前に、中年の警官が一人座り、その横に二人いくらか若い警官が立っていた。右側の警官の無線からはたえず機械音ががなりたてている。時おり「赤いカローラ」という言葉が入るのは、例の車を追跡しているに違いない。

三人の警官たちは一応職務中を装っていたが、かなり照れているのがわかる。彼らの前にいるのは、このあたりではめったに見ることのできないような若い美人なのだ。

二人はまた変身したと淳子は思った。さっきのわめきたてる様子などみじんも見せず、背をまっすぐに伸ばして椅子《いす》に腰かけている。暁子はドライブ・インの主婦からもらった氷をタオルにくるみ頬に押しあてているが、凜《りん》とした態度は崩さない。

京子はまず一声で警官たちを圧した。

「幸い父には弁護士が何人かついておりますので、今度のことはそちらに任せてもいいと思ってますの」

「まぁ、それは後のことにして……」

年配の警官が麦茶をすすめる。その様子は宿屋の主人が客に向かうそれだった。

「まず調書をとらんとならんしね。ちょっと事故の様子から教えてくれますか。まずお名前は」

「吉岡京子です」

「吉岡暁子といいます」

「ははあ、似てると思ったら、姉妹だったんだ。それと、住んでるところは」

「東京都杉並区……」

「杉並区ったら、東京でもお金持ちが住んでるところでしょう」

京子は苦笑した。それは鼻でせせら笑うといった方が正しいかもしれない。すばやく彼女は、この田舎の警官たちより優位に立つすべを取得したようだ。

「私は——大学医学部に行ってます」

「ほうーっ」

三人の警官たちはいっせいにどよめいた。

「じゃ、あんたは将来お医者さんになるんだね」

「順調に行けばそういうことになるでしょうか」

「妹さんは」

「私は——大学文学部仏文科です」

「えらくまた派手なところだねぇ」

警官たちの目つきも、交通事故の被害者に向けられるそれではなかった。好奇心と憧憬《どうけい》があまりにもたやすく、彼らの表情ににじみ出た。

「あいつらがあんたたちをからかったのは」

年配の警官が顎《あご》をなぜた。

「あんたたちが綺麗《きれい》だったからですよ」

「嫌《いや》ですわ」

京子は都会の中流の娘でなければできないような笑いをうかべた。

「妹さんは、テレビに出てくるなんとかっていう女優に似てるなぁ」

暁子はタオルの陰で、唇だけゆがませて笑った。頬がふくれ上がっている彼女は、次第に疲れてきて、高貴な態度を維持するのがつらくなってきたらしい。

どのくらいの時間がたったのだろうか。近くの机で頬づえをついていた淳子は、警官の調書を読み上げる声でふと我にかえった。居眠りをしていたわけではない。目を開けたまま、長い夢を見ていたような気がする。

「山梨県南都留《つる》郡山中湖村――の路上を歩いていたところ、前方より赤いカローラが接近、急にカーブを切り、その際、乙の左頬にサイドミラーがあたり、全治一週間の打撲傷を負わせた」

間のびした声が続いている最中に、若い警官がなにごとかささやいた。

「いま連絡が入ったんだけどね。容疑者、まっ、これは未成年だから少年Aだな。少年Aはあんたたちが後ろ向きで道の真中を歩いてきたって言ってるそうだけど」

「そんなことありません」

京子がきっぱりと言った。

「私たち、湖がとても綺麗だったから立ち止まって眺めてました。でも歩いたりしてませんよ」

「だけど図を描《か》くとだなぁ、車がこうして左側を走ってる。あんたたちが後ろを向いてたりすると、かするのは右頬じゃないかなぁ。だけど左頬なのはどうしてなのかな」

彼の口調がいくぶん固くなってきたのを淳子は感じた。

「それは妹が振り向いたからじゃないですか。とっさに体をかばおうとしてねじった。一瞬のことでよく憶えていませんけどきっとそうです」

陽が落ちはじめた頃《ころ》から、なぜかセミが鳴き始めた。暁子はタオルをあてたまうなだれている。さっき近くの診療所で、全治一週間という診断を下されたのだが、カメラがあたったぐらいでそれほど痛いものだろうか。

そうだ。暁子の頬をうったのはサイドミラーなどではない。驚いた拍子に、京子がふりかざしたカメラが、暁子の左頬をうったのを確かに見たのだ。

脇《わき》の下にも、額にもびっしょりと汗をかいているのは暑さのためだけではない。大変な現場に居合わせてしまったという思いが、苦い水を飲んだようにこみあげてくる。

怖い。たまらなく怖い。

目の前で人間が、これほど平然と嘘《うそ》をつくのを見たのは初めてだった。

「私だったらあんなことをしない」

淳子が暁子や京子だったら、いきなり一一〇番をかけるなどということは考えつかないはずだ。とりあえず若者たちを受け入れ、彼らの車で病院や警察に向かうだろう。そうすれば彼らも、いきなり留置場に入れられるなどということはなかったに違いない。

調書をとっている間に、緊急逮捕された四人の若者は、この警察署に収容されたという。

「いい気味！」

その知らせがもたらされた時、京子と暁子は同時に叫んで淳子をまたもやぞっとさせた。自分の心やからだを傷つけるものとは徹底的に闘うという強さを、十八や二十歳すこしすぎたばかりの女が持っていようとは、淳子には信じられない。

「じゃ、目撃者、あんたたちの友だちに話を聞こう」

警官は淳子を手招きする。京子と暁子は机の横に座り、二人で淳子を見つめる格好になった。

「名前は」

「平井淳子です」

「生年月日は」

「昭和三十一年十月二日です」

「じゃあ、妹さんの方と……」

「そうです。大学の同級生です」

「ふうーん、住んでいるところは」

「東京都北区赤羽――二ノ四ノ十七　オオタアパート四〇一号室です」

警官がその場でつくった調書の書き出しは、まるで物語の始まりのようだった。

「私、平井淳子は、現在右記の住所に住んでいます。大学入学のために長崎市より上京し、半年がすぎました」

ところでと言って、警官は淳子の顔を見た。

「こちらのご姉妹と容疑者たちの言い分がかなり違っているんだがね。あんたはちょうど二人の後ろを歩いてたわけだから、みんな見てたんでしょ」

淳子は十八年生きてきた間、これほど悩み苦しんだことはないような気がした。

まるで裁かれる者のように、警官の前に座り、何かを喋《しゃべ》らなければいけないのだ。

本当のことを言えたら、どれほどらくになるだろう。けれども、京子と暁子がじっと見つめている。暁子はいつものように、黒目のかった大きな瞳《ひとみ》でさえざえとこちらを見ているに違いなかった。

「私がこの二人にかなうはずはないのだ」

そんな思いが哀《かな》しくふと頭にうかんだ。大のおとな、しかも警官を御する技術をちゃんと知っている女たち。なめらかな標準語、毅然《きぜん》とした品のある態度、ただこれだけのことで、みんな目がくらんでしまうんだ。

「車はどんなふうにして、吉岡さんにぶつかったの」

「知りません」

気が遠くなりそうだと思った瞬間、奇跡的に淳子は逃げ道を見つけた。

「私、何も見てなかったんです」

そうだ、これだ。知らん顔をすればいいのだ。

「え、事故の時も」

「そうなんです。私、足が痛くって、マメができたのかなぁと思って、ずっと下見てたんです。気づいたら吉岡さんの悲鳴が聞こえて」

「妹さんの方だね」

「そう、彼女の悲鳴が聞こえて、パッと顔を上げたら、彼女は頬をおさえてうずくまってました」

「その間、ずっと下を向いていたの」

「そうです」

「ふうーん」

もうあたりは薄暗くなっている。警官はめんどうくさそうに鉛筆を走らせた。京子と暁子は十分に鑑賞したし、この一件は早く片づけたいという様子がありありと見える。

「それじゃ、連絡がいくと思いますが、その時はよろしくね」

「いろいろありがとうございました」

京子はしとやかに立ち上がる。

「もしやっかいなことになりましたら、父の弁護士が出向くと思いますけど」

「まあ、これに懲《こ》りず、こっちの方にも遊びに来てくださいよ。いい女医さんになってね」

「ええ、本当にお世話になりました。それから、ここ、タクシーを呼べますか」

「タクシー？　ちょっと時間がかかるかもしれないなぁ」

「そうですか。民宿に八時までに着くって言ったもんですから。それじゃ、バスで行くしかないか……」

京子は暁子の顔をのぞき込んだ。

「それじゃあね……」

警官は少しいらいらしたように言った。

「仕方ない。警察タクシーで送りましょう」

こうして淳子たち三人は、パトカーで民宿に向かうことになった。もちろん、こんなことは異例なことに違いない。

「ありがとうございました」

「じゃ、また」

運転していた若い警官は、はにかんだような笑いを浮かべて帰っていった。

「いい人たちだったわね」

「本当。あのドライブ・インのおばさんもいい人だったわ。警察に電話してくれて、氷で湿布してくれたんですもの」

いい人という言葉を、ことさら強く暁子は発音した。

六畳の座敷にはすでに布団《ふとん》が敷かれていた。食堂で夕食をすますやいなや、京子と暁子はさっさと寝巻きに着替え、ごく当然のようにクーラーの前に陣取る。

二人はパトカーの中からずっと淳子の存在を無視していた。

京子のことを「あの人」とよび、肉親とは思えないほど距離を置いていた暁子が、今はぴったりと姉に寄り添い、わざとらしいほどの親密さを見せているのだ。

「あのおばさん、本当にいい人だったわ」

暁子はもう一度言った。左頬《ほお》をおさえて入ってきた彼女を、「まぁ、可哀相《かわいそう》に」とおろおろしながら迎えた中年の女だ。

結局、暁子は自分にたっぷりと好意や親切をそそいでくれる人間でなければ、受け入れることができないのだ。それにしても、と淳子は思う。自分は暁子に対して、なにひとつ非難されることはないではないか。それどころかむしろ感謝してほしいほどだ。

彼女たちが後ろ向きで歩いていたこと。頬にぶつかってきたのは、サイドミラーではなくカメラだということ。それを何も言わず、ひたすら「見ていない」「知らない」でとおしたのだ。いま淳子は嘘をついたことの重苦しさで軽い吐き気さえ感じている。もちろん、小さな嘘などしょっちゅういくらでもついているが、今度の場合は違う。自分たちの証言で、あの若者四人は留置場に入れられてしまったのだ。

彼らのことを「いい気味」と言うことなど、どうしても淳子にはできない。職場の仲間かなにかで、夏休みの一日、たまたま遊びに来たのだろう。精いっぱい気取って、赤い車を乗りまわしていても、ひらひら揺れるカーアクセサリーが、いかにも田舎じみていた。そんな彼らを、どうして憎むことができるだろうか。

「あの人たち」

思わず口をついて出た。

「今晩、留置場に泊まるんでしょう。留置場ってクーラーなんかついてないよね。暑いよね」

しまったと思ったがもう遅い。京子の眉《まゆ》がきりりと上がった。

「淳子ちゃん、あなた、あの男たちの味方をするの。うちの暁子をこんな目にあわせたのよ」

その横で、暁子は宿でもらったアイスノンを頬に押しつけたままだ。

「それでも、あなたはあの男たちが可哀相だと思うの！」

淳子はこれほど他人から、憎々し気に見つめられたことはないと思った。何と答えようかと淳子は迷う。うまく言いつくろうことはできそうな気がするが、それではあの四人が救われない。嘘の証言をしたことの贖罪《しょくざい》をどこかでしたいという、少女めいた気持ちを、淳子は言葉にしてしまった。

「そりゃ、あの人たちのしたことは悪いことだと思うけど……」

ひと思いに次の言葉を言う。

「だけどやっぱり、留置場に入れられるなんて可哀相だと思うの」

「あきれた！」

京子はぱしっと膝《ひざ》をはらった。

「あなたがこんなに冷たい人間だとは思わなかった。さっきから胸がむかむかしてたのよ。暁子、ここ出よう。まだどこかのホテルに泊まれるわ。私、こんな人と一緒に同じ部屋に泊まりたくないっ！」

その夏の終りに、淳子はこんな手紙を真弓からもらった。

「お元気ですか。

あと一週間でいよいよ講義が始まりますね。私は実家の近くの海でさんざん泳いでいたからもう真黒です。

こんなことを言うのはすごく嫌なんだけれど、一応知らせた方がいいと思って手紙を書きます。

昨日、新宿でアッコと会いました。夏休みに借りた登山靴《ぐつ》を返すためです。二幸の前で会って、喫茶店に行きました。これからデイトだって言って、田代さんも一緒だった。

アッコはあなたのことをすごく怒ってました。なんでも山中湖で交通事故にあったんですって？　その時、ジュンちゃんはなんの協力もしてくれなくて、『知らない』の一点張りだったって彼女は言ってました。それどころか、犯人をかばうようなことを言って、お姉さんもカンカンに怒ったそうですね。

それからアッコはいろんなことを言ってたわ。

一緒に旅行するっていうのに、あなたは切符の手配もみんなアッコにやらせたって。田代さんの前で、なにもあんなに言わなくてもいいと私は思うけど……。その田代さんも、ひどい奴《やつ》だなあなんて本気で怒ってるの。ちょっと下品な言い方だけど、尻《しり》に敷かれてるって感じで、私、びっくりしちゃった。

ねぇ、これからどうするの。クラブをこれからもやっていくつもり？　彼女はもうあなたの顔なんか二度と見たくないって言ってた。

私はあなたとは入学以来のつきあいだから、本当のことを教えて欲しいの。

うちもあなたのアパートと同じで呼び出しだから、長電話はできないけど、とにかく連絡を待っています」

「拝啓

お手紙ありがとう。

お元気そうな様子で安心しました。

吉岡さんのこと、心配かけてごめんなさい。言いたいことは山のようにあるんだけど、それはゆっくり話します。

だけど今度のことで、私、いろんなことがわかったような気がするの。

入学してからずっと、私たちはアッコに憧《あこが》れてたわね。特に私やあなたみたいな田舎の女の子にとって、あの人はとてもまぶしかった。あんなに綺麗で頭がよくて、何でもできた。それに私たちにとってても親切にしてくれたじゃない。

だけどわかったのね。あの人っていうのは東京の人なのよ。ものすごくプライドが高くて、自分に強い自信を持っている。こんなこと、あなただから話すけど、知り合って最初のうち、私はなんだか信じられないような気がしたの。こんなに素敵な人が、どうして私なんかと友だちになって、こんなにやさしくしてくれるんだろうってね。

だけど今やっとわかったの。あの人にとっては、私みたいに憧れの目で自分を見つめる人間がどうしても必要だったのよ。だからそれがちょっと違ったりすると、裏切られたみたいな気分になるの。

私、今度のことで、東京の人って本当にこわいと思った。私たちみたいな地方出身の人間だと、まぁまぁとなるところを、あの人たちは絶対に許さないのよ。闘っても、自分を守ろうとする。私はそれをまのあたりに見てしまったわけ。

だけど失望するのって悲しいね。いま私はとっても大切にして好きだったものが、急に無くなっちゃったような気分。もし富士五湖に行こうなんて思わなかったら、吉岡さんとはいつまでもいいお友だちでいられたのにね。

たぶん、クラブはやめることになると思う。だけどあなたは私のことなんか気にしないで続けてちょうだい。

追伸　東京の人って、本当におっかないよ」

あの手紙を書いてから十二年の月日がたとうとしている。

智美の結婚式以来、暁子はたびたび手紙や電話をくれるようになった。

お世話になったからといって、まず笹《ささ》かまぼこが届けられた。淳子がお礼の電話をかけると、また「懐《なつ》かしいわ」が始まった。

「このあいだは楽しかったわ。久しぶりで女子大生気分にもどったようでね」

「学生時代の友人とはあまり会わないの？」

「妙子さんとは会うわ。私の実家で会ったり、あの人の家に行ったり」

「あの人、どこにお嫁に行ったのかしら。私、クラブをやめてから、あの人とたまに教室で顔を合わすぐらいだったから、その後の消息を知らないのよ」

「あの人は、大田区の久《く》が原《はら》にいるわ。商社に勤めてる時に知り合ったご主人よ」

「あら、それなら、うちからそう遠くないわね」

「東京に住んでいる人はいいわ」

暁子はこちらがまごつくほど、大きなため息をついた。

「この間言ったこと、嘘じゃないわ。私、仙台に越してからとても焦《あせ》ってしまうの。なんだか無理やりにいろんなことをあきらめさせられているような気分」

「それ、どういうこと」

「やっぱり子どものことね。私はもうどうでもいいの。青山で食事をしたいなんて思わない。六本木に行きたいなんて言わない。だけど、子どものことが心配でたまらないの。あなた、お子さんはどこかの幼稚園を狙《ねら》ってるの」

「ええ……、まぁね。たいしたとこじゃなくても、一応私立へ入れておけば将来なんとかなるんじゃないかと思って」

「羨《うらやま》しい。本当に羨しいわ。私も地方に転勤になるとわかってたら、主人と結婚するんじゃなかった」

「あら、あら、大恋愛だって聞いてるわ。ところで、こんなこと聞いてもいいかしら」

「どうぞ」

「田代さんとはいったいどうなったの」

「やだわ。いったいいつの話よ」

暁子はけらけらと笑った。

「大学一年生の時にちょっとつき合った人じゃないの。彼が卒業の時にお別れよ」

「彼があなたを追っかけて大変だったって聞いたことがあるわ」

「そんなこと嘘《うそ》よ。北海道へ一緒に行ってくれって言われたことはあるけど、となんでもない話よね。でも、昔の私たちって、今の女子大生から見ると信じられないでしょうね。純粋で、子どもっぽくって」

「たった十年前ぐらいの話よ」

「十年前っていったって、この浦島太郎のおばさんからすると、ずいぶん昔のような気がするの。本当にイヤになってしまうわ。東京の真中に住んでいるあなたにはわからないでしょうけど」

こういうのを勝利感というのだろうかと淳子は思う。

かつて自分が羨み、その人のようになりたいと願った人間が、いま反対のことを言っている。もっと淳子は喜んでもいいのかもしれないが、それよりも困惑の方が大きい。

東京は教育のチャンスがたくさんあるからいいと、よく暁子は淳子に向かって言うが、それはそれで気苦労の多いものだ。

いま淳子は雅和のことで頭が痛い。

親から見て、そうぼんやりしているとも、動作がのろいとも思えない。しかし、さまざまな模擬試験を受けさせても、雅和は合格のボーダーラインにもなかなかひっかからない。

「各学校で好みのタイプのお子さんっていうのがあるんですよね。A大附属は、ものごとをはきはき言う子ども、S学園はいかにも純粋で子どもらしい子。いずれにしても基礎学力がきちっとできていないといけないんですけどねぇ」

初老の園長が眼鏡をずり上げながら言う。

「まあちゃん、ね、まあちゃんも、来年の四月になったら、ピカピカの制服を着たいでしょ。そのためには、今年の夏から一生懸命に勉強しなくっちゃね」

園長から言われたのと同じことを、雅和に言って聞かせながら、淳子は自分の気持ちに気づいて、ふと赤くなることがあった。

気にしていないように見えて、自分は暁子の存在をいつも意識している。そして彼女が仙台では決してできないことを、この東京でなしとげようとしているのではないか。雅和をいい幼稚園に入れようとすることも、つきつめていけば、暁子の羨望《せんぼう》の対象を、さらに強固にしようとする意志が働いていないだろうか。

「ばかばかしい」

自分で問いかけてみて、淳子は大きく首を振る。

「あの人が、もう私にかなうはずがないじゃないの」

そう声に出してみたら、胸が軽くなった。そうなのだ。暁子はいくらエリートといっても、地方に住むサラリーマンの妻なのだ。そこへいくと淳子の夫は、ささやかな成功者だといっていいだろう。しゃれたニットのワンピースを着、高級マンションに住んでエステティックに通うというのは、そう誰《だれ》にでもできることではない。

「そうよ。淳子さんって乙女チックね。いつまでも昔のライバルにこだわっちゃったりしてさ」

最近仲のいい礼子に聞かせたら、こんなふうに笑いとばすに違いない。

その礼子から突然電話がかかってきた。

「ねぇ、すごくいいパイプを知らないかしら」

「パイプ？　あの煙草《たばこ》を吸うパイプ」

「そうなの、私も知らなかったんだけど、あれってピンからキリまであるらしいのね。ピンの方は、一本の大木から、たった一本のパイプをつくったりして、何十万、何百万円もするんですって」

「そんなパイプをどうして買うの」

「あなただから話すけどさ」

礼子は照れたような笑いをもらした。

「今ね、うちの子のことでやってもらってる人がいるのよ。S学園の理事なんだけど、パイプの収集家なんですって」

「まあ、S学園の」

「絵画とか、陶器のコレクションっていうと、うちにも少しつてがあるんだけど、パイプっていうのはどうもねぇ。淳子さんなら知ってると思って」

「私もそういう方面には詳しくないわ。でもすごいわ。もういろんなことをやっているのね」

「そりゃそうよ。もうこうなったらなんでもするわ。もし誘われたら、理事の連中と寝たっていいと思ってるほどですもの」

「まぁ」

淳子は大げさに驚いてみせて、それを笑い話にしてしまったのだが、「なんでもする」という彼女の言葉はいつまでも耳に残った。

「ねぇ、あなたはどこかにコネを持っていないの」

「なんだよぉ、コネってさあ」

雅也は古いホラー映画のビデオから目を離さずに尋ねた。

「雅和の入園のコネよ。お客さんの中で、どこかの学校の理事をしてるような人はいないの」

「うちの客にそんな人いないなぁ。そんな年寄りは来ないしなぁ」

「思い出してよ。他《ほか》のお母さんたちっていうのは、それぞれのルートでコネをつくり出しているのに内緒にしてるのよ」

「そりゃそうだろ。競争相手は少なけりゃ少ないほどいいからな」

「だから、うちはうちなりになんかのルートを見つけなくちゃ。私たちは地方出身だから、雅和はすごく不利なのよ」

「そんなこと関係ないだろ」

「もちろんあるわよ。T大の附属なんてのはね、両親のどちらかが出身じゃなけりゃ、願書を受けつけてくれないの」

「へえー、そういうのって嫌《いや》だなぁ」

雅也は露骨に顔をしかめた。

「もちろんよ。私もそんなところへ入れるつもりはないけど、できる限りのことをしてあげなきゃ、雅和が可哀相じゃないの」

「ちょっと待ってくれよぉ……」

雅也はビデオの〝ポーズ〟ボタンを押した。

「うちの常連に、作家の蓮沼荘一郎《はすぬまそういちろう》がいるんだよ」

「ああ、フランスの翻訳ものも出している人ね。私よく読んでたわ」

「あの人は確か、なんとか学園の理事とかいってたなあ」

「どこよ、どこよ、それ」

「聖M学園とかいってたかなぁ……」

「そこ、雅和を受けさせようと思ってたとこよ」

思わず声がうわずっていた。

「でもなぁ、店のお客さんにこんなこと頼むのは嫌だからなぁ」

しぶる雅也を説得して、次の日に電話をかけさせた。

「今度食事に行く時に、一応話を聞くってさ」

「そう。ねえ、ご挨拶《あいさつ》に何を持っていけばいいのかしら」

「ま、顔見せっていうことで酒でも一本贈ればいいんじゃない」

「フランス生活が長い方だから、ワインの方がいいわよね」

桐《きり》の箱に入ったミュルソーの二本セットは、蓮沼を喜ばせはしたが、返事ははかばかしくないものであった。

「困るよ。こんなことされちゃ、僕《ぼく》はただ話を聞くって言っただけなんだから」

「マドレ」の個室で、蓮沼は大げさに手を振る。

「いや、これはいつも先生にひいきにしていただいてるお礼でございまして。遠慮していただくようなものではございません」

雅也が家では見せたことがないような表情をうかべた。

「それじゃいただいとくがね、だいたい僕は力のある理事じゃないよ。いまいちばん実権を握ってるのはね、野々村先生じゃないのかなぁ」

「野々村先生というと、元大蔵大臣の……」

「そう。みんな彼のところへ頼みに行くみたいだね」

「でも、私どもは野々村先生のところへ、どううかがっていいのかもわかりませんし……」

淳子は必死だ。

「僕もねぇ。親しい仲じゃないからねぇ。野々村さんの選挙区はどこだったかな。そっちの方からせめたらどうだい」

目の前に拡《ひろ》がった道の遠さに、淳子はへたへたと座り込みそうになった。

「もうそれから大変だったのよ。県会議員を紹介してもらって、それからやっと野々村先生」

「それで会えたの」

「五分ぐらいで、秘書に追いたてられたわ。もう、お金も気もどっさり使って……」

「ほほほ……」

相手は暁子だ。人には喋《しゃべ》れないこういう話も、仙台の暁子だと思うと、遠慮なく話せた。

「東京の子どもは大変ねぇ」

「なに言ってるのよ。おたくのお子さんも東京の子でしょ」

「そんなことはないわ。今では仙台弁で喋ってるわよ」

「仙台弁ってどんなの」

「なになにだっちゃ、って言うのよ」

「おもしろいわね」

淳子は笑いながら、いま暁子はどれほど口惜《くや》しい思いをしているだろうかと考えたりする。

その年が明け、一月がすぎようとしている頃、淳子は三キロも痩《や》せてしまった。雅和の幼稚園がどこも決まらないのだ。

「こうなったら、どこでもいいと思ったりするの」

「何言ってるのよ。それだったら、今までの努力が水の泡じゃない」

と礼子が励ます。彼女の息子は、まああの学校の幼稚園部に合格したばかりだ。

「ああ、いいコネがあったら、何百万出しても買うわ」

淳子が叫んだのはあながち冗談だけではない。

二月になってから、雅和はやっとK学園に合格した。高校までしかないし、知名度がいまひとつ低いが、この際仕方がないだろう。

ささやかな入学祝いをしようということになり、淳子は雅和を「マドレ」に連れていった。

夫は店に子どもを来させないが、特別だからといって個室をとってくれた。マントルピースに、現代画家の小品があるこの部屋は、淳子にとって思い出深いところだ。この部屋で、どれほど多くのものを、たくさんの人間に渡しただろう。

雅和にサラダを盛り分けていたら、ドアがノックされた。智美だった。

「はぁい。いま偶然にダンナと来たのよ。今夜はおめでとう」

「ありがとう。よかったら一緒に祝ってちょうだいよ」

「でもいいわ。私たち水入らずでやってるから」

これには雅也が吹き出した。

「じゃ、ワインを一杯だけ」

「ありがとう」

素直にテーブルに着いた。

「ねぇ、知ってる？　伊藤さんって今度の四月に東京に帰ってくるみたいよ」

胸がさわいだが、初めて暁子のことを聞いた時ほどではない。何回も電話で話しているから、免疫はできている。しかし東京転勤のことを、自分にではなく、智美に話したのは、やはり思うところあってだろうか。あんなふうにさりげなく喋っていても、暁子は淳子に油断していなかったことになる。

「あの人ってえらいわよね。東京転勤が決まりかけた時から、子どもにこっちの小学校を受験させてたんですもの」

「なんですって」

そんなことは聞いたことがない。

「本当よ。だってあのうちの息子、今度T学園の初等科に入るんですって」

「だって、あそこは東京でいちばんむずかしいところよ」

「あら、知らなかったの」

智美は無邪気にグラスのワインを飲み干す。

「あの人、いざ東京へ帰ろうと思ったら強いわよ。彼女のお姉さん、ほら、内科医になってるお姉さんがいたでしょ。その人のご主人があそこの教授なの。多少の無理はきいてくれると思うわ」

淳子はもう少しで笑い出すところだった。自分はこの間まで、暁子に勝っていると思っていたが何のことはない。勝負はとっくの昔についていたのだ。

「あははは……」

ついにこらえきれず笑いが出た。暁子が淳子のためにだけ頑張《がんば》ったとは思えない。しかしそれにしても、みごとな「逆転」だった。

「女ともだちって、女ともだちって……」

けげんそうにこちらを見ている智美に何かひと言おうと思う。けれど次に出てくる言葉がどうしても見つからない。

「女ともだちって……」

# スチュワーデスの奈保

# 和子

「青《ブルー》」の女主人、和子の前歴について、知っている者はほとんどいない。ある常連客は、新劇の女優だったとまことしやかにいい、ある客は絵を描いていたに違いないと断言する。

確かに和子の美しさというのは、正体がつかみづらいところがあった。ショートカットの髪と長いうなじは、ふつうの人妻だった女にしてはあかぬけすぎている。そうかといって、水商売の女性が持っている、独特の雰囲気は全くない。

前に結婚していたと言い張る人間は何人かいたが、それも噂《うわさ》の域を出なかった。

和子は、誰かに問われるたびに、いつもにこやかに笑う。

「そうねえ……。セイロンにでも行って紅茶の勉強をしていたことにしといてちょうだい」

そんなある日、客たちを驚かせる事件が起こった。「青《ブルー》」のカウンターにある黒い古風な受話器が鳴って、和子はそれに出た。

「ハロー、イエース。ディス・イズ・カズコ・スピーキング」

突然和子が流暢《りゅうちょう》な英語で喋《しゃべ》り始めたのだ。外国人の友だちからかかってきたらしく、いかにも楽しそうだ。時々は笑い声をたてたりする。そこにいた三人の常連たちは、口をぽかんと開けてそれを眺めていた。

「和子さんって、英語うまいわ」

和子が受話器を置くやいなやそのうちの一人が言った。

「そんなことないわ。ほんのブロークンよ」

和子は言って、花をいじる。このところ「青《ブルー》」に活けられる花は、ほんの少し変わってきている。以前は百合やカラーなど、白い洋花が多かったが、最近は日本の花を和子は好む。その時の花は、備前にたっぷり盛られた桜だった。

「この桜って、群馬から持ってきているんですって。いったいどんなところで咲いているのかしら」

和子はそんなことをつぶやく。

けれども店の片隅で、若い女がこんなことをささやいていた。

「あの人、たぶん私と同じような仕事をしていたはずよ」

「どうしてよ」

そう尋ねた女の子は、近くのブティックで働いている洋子だ。

「私にはまるっきりわからないわ。すごい早口だったし……。ま、奈保ちゃんは英語が得意だけどね」

「あの人、こんなことを言ってたのよ」

奈保とよばれた女は、大きな瞳《ひとみ》をくるっと動かした。

「『ジェニー、あなたなの。いま東京にステイしてるの。えらいわね、まだ飛んでいるんですものね。私なんか地面にはいつくばったニワトリみたいよ。客として飛ぶこともうないわ』って……」

そして奈保は、ゆっくりと横目で和子の方を見た。

「ニワトリにしちゃ、すっごく綺麗《きれい》よね。あの人……」

カウンターに座るのって初めてよね。そう、テーブルの方には五回ぐらい来ているんだけど。

そう洋子さんといつも一緒よ。私、あそこの洋服をいつも着ているの。彼女とは同い齢《どし》ですっかり仲よくなっちゃった。これは内緒の話だけど、ハウスマヌカンさんとお友だちになると得よ。こっそり安くしてくれたり、バーゲンの前夜に店に入れてくれたりするもの。

ううん、そのために彼女とつき合ってるわけじゃないわ。あの人って、おもしろいし、ちゃんと自分というものを持っていていい感じ。私、この頃、あの人の昼休みを狙《ねら》ってお店に行くの。そうすればゆっくり一緒にお茶が飲めるものね。

私って、仕事が不規則でしょう。休みがふつうの人と違うのよ。だからなかなか友だちに会えない。洋子さんは、その意味でも貴重な人よ。

え、なんの仕事をしているかですって。わかるはずよ。あなたが昔していた仕事と、同じことをしてるの。

あら……、気分を悪くさせたらごめんなさい。私、和子さんの過去を探るつもりなんか、これっぽっちもなくってよ。ただ、私の悩みを聞いてくれたらって思っただけ。

この店って、いつも女の子がカウンターでひそひそ話《ばなし》してるでしょ。みんな和子さんに悩みを打ち明け合ってるみたい。端から見ていると、とっても羨《うらや》ましいのね、和子さんなんて馴れ馴れしく言って失礼かしら。平気よね、みんなそう呼んでるんですもの。

私の悩み、いまとっても考えていること、和子さんに聞いてもらえたらって思うの。他の人に話しても、いまひとつピンとこないみたいなんですもの。

あの、怒らないでね、昨日、ちょっと電話を聞いたんだけど、ジェニーっていう人と話してたでしょう。っていうことは、外国のエアを飛んでいたっていうことよね。ううん、否定も肯定もしなくていいわ。私の話すことを聞いてくれれば。

私もね、いまいる会社がＪＡＬやＡＮＡじゃないの。――航空。そう、アメリカのエアラインよ。

あれは大学の四年生の時だったわ。ジャパンタイムズを読んでたら、募集の記事が出ていたの。私たちは英文科だから、ＪＡＬをうける人がすごく多いの。実際、あそこのスチュワーデスって、うちの学校出身が圧倒的よ。

でもね、私、なんていうのかしら、ＪＡＬを受けるのは照れくさかったし、嫌だった。なんか女の園っていう感じだし、お嬢さまたちのお仕事って見る人も多いでしょう。今は違うみたいだけど。とにかくうちのクラス、右を向いても、左を向いても、ＪＡＬの国際線希望者ばかりで、うんざりしちゃったのね。

それよりも、外国のエアラインの方がキャリアウーマンっぽいような気がしたの。とてもミーハーなんだけれど、外人のクルーに一人混じって働く自分を想像すると、そう悪くないなあって思ったりして……。

私、府中の出身なのよ。近くにベースがあったから、小さい頃からわりと外人に慣れていたのね。だから英語が大好きだった。中学から高校まで、英語はいつもトップだったもの。

大学に入ってからも専門学校にずっと通ったわ。どうせやるからには、徹底的にやりたいと思ってね。

でも私、いまはまるっきり駄目なの。本当に自信を失《な》くしちゃった。自分でもどうしていいのかわからないのよ。

わあー、綺麗《きれい》な桜ね。この頃、日本の花って本当にいいと思うわ。ちょっとにおいをかいでもいい。わあ、いいにおいね……。

アメリカ人

だけどね、うちの試験はわりとむずかしかったのよ。東京支社で面接と筆記をやったんだけど、かなりの人数が来ていたもの。外国のエアは、欠員がなければ募集しないでしょう。それにシンガポールやキャセイといった、他のエアからの転職組も多いの。私みたいに外国で暮らしていたわけでもないし、留学といってもニか月のホームステイ、こんなのが受かっちゃうって珍しいみたいね。だから私も合格した時はすごく得意だったの。ＪＡＬに行った同級生に聞いたんだけど、研修が終わって、例の制服を着た時に、泣いちゃうコ、ずいぶんいるんですって。私は泣きはしなかったけど、やっぱりこみあげてくるものがあったわ。うちの制服ってカッコいいもの。パリのデザイナーに頼んでつくってもらったもので、タイトにスリットが入ってる。

これを先輩たちは粋に着こなしてるわ。ＪＡＬは髪型やつけていいアクセサリーの種類までしっかり決められているけど、うちは自由なのね、だからアメリカ人のクルーは、わざとブラウスの前ボタンをはずしたりしてる。あのね、ファーストクラスやビジネスクラスから、いい男を探し出すのも、スチュワーデスの手腕なのね。少なくとも、うちの女性たちはそう思ってるみたい。

だってうちはすごくホモが多いところなの。アメリカの新聞で書かれたらしいけど、クルーの中でエイズで死んだ人もいるんですって。男は私の目から見ても、それらしい人がいっぱいいるわ。ごめんなさい。話がそれてしまって。私の言いたいことはそんなことじゃなかったのに。

私たちは一か月、アメリカの本社で研修をうけて、すぐに仕事につかされたわ。このへん、日本よりもずっと荒っぽい。JALは学校の延長みたいに、マナーからお酒のつぎ方まで、いろんなことをじっくり教えてくれるんだけど、アメリカ式は、働きながら覚えろっていう感じね。

私は東京をベースにして、ロサンゼルス線を飛ぶことになったわ。いちばん日本人が多い路線ね。だから私たち日本人クルーが雇われているわけなんだけれど。

そう、まず腰に来たわ。スチュワーデスって腰痛が多いって聞いてたけど、客として乗ってる時は、どうしてかわからなかった。だけど仕事を始めるようになってから、本当にわかったわ。

あの揺れる中で立っているって、やっぱり腰で重心をとらなきゃいけないんですものね。負担がかかるはずよね。だけど英美は、まだそんなにつらくないって、まるっきり元気なの。英美っていうのは、私と一緒に採用された人。この時私と彼女だけが採られたのよ。そしてこのことが、私を苦しませているわけ。

エイミー

英美って書いてエミ。だけどアメリカ人たちはエイミーって呼ぶわ。

なんでも彼女のお父さんが、将来外国へ行ってもいいようにつけたんですって。

こんなことする人って、もちろん外国暮らししてた人よ。彼女のお父さんは商社マンで、彼女は中学二年生まで、ヨーロッパ各地を転々としていたんですって。彼女が生まれた時はロンドン勤務とかで、だから英美っていう名前なのよ。彼女は高三まで日本にいて、その後アメリカの大学に行っているわ。その時、お父さんがサンフランシスコで支店長になっていたみたい。

だから彼女の英語って素晴らしいわ。あのね、外国のエアに乗ってる私たち日本人スチュワーデスは、ふつう英語のアナウンスはしないの。だけど食事のサービス中でも、突然キャプテンやチーフの英語アナウンスが入ると、それをすぐ日本語にしてアナウンスをしなきゃいけない仕事があるわ。

これが私、とっても苦手なのよ。メモを取らなければ、ちゃんと文章にできない。だけど英美は違うの。仕事をしてても英語をさっと日本語に直せる。

これはちょっとしたものよ。

英語でジョークも連発できる。スラングもすぐにわかってしまう。ここなのよ、問題は。

あのね、私、思うんだけれど、私みたいに日本で一生懸命英語を勉強した人間って、限界があるのよね。

たとえば「プッツン」っていう言葉があるとするでしょう。これに替わる英語を言われたって、私なんかきょとんとしてしまうわ。だけどエイミーにはわかるのよ。すぐにけたたけた笑ってしまう。

そしてね、こんなことを言うと悪口に聞こえるかもしれないけど、彼女って中身まで外人なの。外人にもいろいろあるけど、まさしくアメリカ人ね。自分の権利には敏感で、ニュアンスっていうものがわからない。

私、それですごく悩んでるの。

たとえばね、外国人クルーって、自分の仕事が終わると、さっさと席に腰をおろしてぺちゃくちゃとお喋《しゃべ》りをするのね。私ってそういう時も、気がかりで仕方ないの。

日本人は恥ずかしがり屋で、なかなかオーダーできない。コールボタンをつけて、スチュワーデスを呼び出すのって、すごく抵抗あるみたいね。

だから時々は席をまわってあげなきゃいけないのよ。そうすればきっとソフトドリンクを欲しがったりするのよ。

私なんて自分のこと、キャピキャピしたどうってことない女の子だと思ってたけど、やっぱり日本の女なのよね。どうしても気くばりっていうのをしてしまう。いろんなことをしてあげたくなってしまう。

だけど私、エイミーに言われたの。

「あなたはイイ子になるかもしれないけど、私たちは落ち着かなくなるわ。あてつけがましく見えるもの」

つまり、さぼる時は一緒にさぼれってこと。

エイミーは、肌が小麦色で足がすらーっと長い。小さい時外国で暮らすと、ハーフみたいな顔立ちになるでしょう。
英美じゃない。彼女って本当にすべてがエイミーなのよ。

## ルール

外国のエアの、スチュワーデスって孤独よね。外人の中に一人混じって働くのって、精神的にも体力的にも大変なような気がする。端で見るほどカッコよくも優雅でもないわ。特に私が嫌いなのは、本拠地のロスでステイしてる時よ。同僚のアメリカ人たちは、みんな家に帰ってるけど、私はホテルに閉じこもりっぱなし。ロサンゼルスなんて、見るとこがほとんどないの。三回も行けば、ビバリーヒルズやメルローズも、出かける気にはならない。もうちょっと仕事に慣れてきたら、自分のところの飛行機に乗って、アメリカ国内を旅行したりできるんだろうけど、今はそんな元気もないわ。
ね、和子さんも私と同じような仕事をしていたらわかるでしょう。

スチュワーデスの奈保

ＪＡＬに行った友だちも言ってたけど、スチュワーデスになりたての頃は、すごく楽しくておもしろいんだって。パリやロンドンに行けば、夢中になって買物にも精を出す。だけど観光旅行じゃないんだし、仕事で何回も行ってれば、そのうちに飽きるわよね。気がつくとだんだんホテルで本を読んでいるようになる。雨なんか降っている時なんか滅入《めい》ってきちゃう。

結婚しようか、なんて思うのは、たいていこんな時よね。

そうそう、私たちスチュワーデスの間で、最近すっごく頭にきてる話があるの。このあいだダイレクト・メールが送られてきたんだけど、それ、何だと思う？

結婚相談所のパンフレットなの。

男性会員はエリートばかり、女性会員はすべてスチュワーデスっていうのが売り文句なんだけど、インチキくさくって誰も相手にしてないわ。

だけどそのダイレクト・メールのコピーがすごいの。

「あなたは夜、ホテルの部屋で淋《さび》しくありませんか」

ですって。私たちもなめられたもんよねってみんな怒ってるの。確かにそりゃそうかもしれないけど、スチュワーデスのそういう気持ちにつけこんでお金もうけしようなんて最低だと思わない？

ごめんなさい、またまた話がそれちゃったわね。

つまり今の私はいろいろ悩んでることがあって、気がすごく滅入《めい》ってるの。今まで考えたこともなかったのに、日本人って何だろうとか、女が働くってどういうことだろうとか、つい真剣に自分に質問したりする。

それなのにエイミーときたら、いつもはつらつとして、自分の生活をエンジョイしてるみたい。

あの人はね、朝ホテルのプールでよく泳ぐの。時差ボケを直すには、これがいちばんいいっていってね。水着姿は、女の私が見ても惚《ほ》れ惚《ぼ》れしちゃうぐらい。紺色の競泳用水着をつけているんだけど、それがとってもキリっとしているの。

あの人って、遠くから見ると本当にアメリカ人なのよね。姿勢といい、足の長さといい……。そしてそのたんびに、この頃の私ってみじめな気持ちになるの。機内サービスのやり方について、いじいじ悩む私って、いったい何だろうってね。

エイミーみたいに、仕事は仕事と割り切って、はつらつと生きてる人もいるのにね。そして私はとっても損をしている気分になってしまう。

その前の日もそうだったわ。映画が終わってたいていの人が眠り始めた頃よ。この時が、私たちがほっとひといき入れる時ね。ギャレイの横の、クルー専用の席で、私たちはやっと夕食をとるの。たいていはビジネスクラスのトレイよね。スージーっていうテキサス生まれの女の子は、ビーンズを頬《ほお》ばりながら、すごい早口でなんか喋《しゃべ》ってたわ。

エコノミークラスの左からのコール、それはスージーの担当区域なのに、彼女ったら知らん顔をしている。仕方ないから私が立ち上がったわ。

案の定、中年の男性からの氷の要求。よく免税でお酒を買って、機内で飲む人がいるでしょう。あれは禁止されているのよ。ＪＡＬなんかでもいい顔しないけど、うちみたいな外国のエアラインなんか、パーサーに見つかったら大変。カンカンに怒っちゃうわよ。

だけど、その日本人の団体のおじさんたち、英語がわからないことをいいことに、さっきからジョニ黒のまわし飲みをしてる。アメリカ人スタッフは、あきれかえって近づかないの。

でも頼まれれば、氷を持っていかなければならないわよね。私がアイス・ジャーから氷を取り出していたら、エイミーがこんなことを言うの。

「ナホ、そんなことしちゃダメよ」

「あら、どうして」

「スージーが気分悪くするじゃないの」

「あら、どうして。スージーは素知らぬ風をしてたから、私気をつかって……」

「その〝気をつかって〟が問題なのよ」

エイミーはぴしゃっと言うの。

「アメリカ人っていうのはね、自分の仕事をやってもらったから、ありがとうなんて思わない。それよりも自分の仕事を横取りしたっていうことになるわよ。それに、そもそも彼らのしていることはルール違反なんだから、氷なんか持っていく必要ないわ。あなたがしたことはいけないことよ」

「あらっもうこんな時間……」

奈保は女物の、小さなロレックスを見て言う。

「すっかり長居をしちゃったわ。ごちそうさまでした」

そして少し眉《まゆ》をひそめて言う。

「あのね、よけいなことかもしれないけど、ぺちゃくちゃ私が話したこと、黙っていてほしいの」

「私の方もよけいなことかもしれないけど」

和子はうっすらとした微笑をうかべた。

「私が元スチュワーデスなんて、ひと言もいっていないわよ」

「わかっているわ。でも私には自信があるの。あなたは絶対にスチュワーデスをやっていたんだわ」

「おやおや……」

「だってね、人の話を聞いている時の顔が、やっぱり私たちと同じなの。時々和子さん、唇をきゅっと上げているでしょう。あれって訓練されたスチュワーデスの笑いよね」

和子の唇がとたんに〝への字〟になった。奈保が指摘するとおりの笑い方だったからだ。

「またここに来てもいいかしら。オフの日っていうのは、あんまり行くところがないのよ。スチュワーデスっていうのは、だんだん友だちが減ってくみたい。休みの日が、ふつうのOLの子たちと違うし、約束というものができないんですもの。イヤになってしまうわ。ここの紅茶、すごくおいしかったわ。ね、またゆっくりと来るわね」

「それには条件があるわ」

和子は冗談のように言った。

「あんまり人の過去を詮索《せんさく》しないこと」

「ごめんなさい、そんなつもりじゃないのよ。ただ同じような仕事をしていたんじゃないかと思っただけ」

「それとエイミーっていぅ女の子に対する考え方を変えることかしら」

「まあ、どういうふうに」

「あなたがみじめになることは何もないわ。それに話を聞くだけでは、エイミーって子も、それなりに仕事を一生懸命やっているような気がするの。同期の仲間として、もっと仲よくできればいいのにね」

「仲が悪いわけじゃないわ。ただ私の精神の中で、時々受け入れない時がある。たとえば……」

「男の人のことね」


そうなの。彼女に関しては、ものすごい噂《うわさ》があるのよ。

あれは私が飛び始めて、半年ぐらいたった頃だと思うわ。その時もエイミーと一緒だったの。機内ではあの上手な英語を使って、すっかりスチュワーデスしてるというふうに私には思えたの。

その夜は珍しく、クルーの人たちと夕食をとった。まるっきりおいしくないシーフードだったけど、結構盛り上がったわ。

JALの友人に言わせると、日本人同士でごはんを食べに行くの、苦痛になる時があるんですって。

「ごはんを食べてる時ぐらい、会社の人と一緒に居たくないわ」

っていうのが理由だろうけど、私には羨《うらや》ましかったりする。うちの会社というのは徹底した個人主義でしょう。職場の人たちで連れだって食事に行くなんて、あんまり考えられないみたい。

それなのに、その日に限って部屋をノックする人がいたの。

ドアを開けたら、スチュワーデスのキャロルが顔を出した。彼女たちのグループは朝いちばんの便でマイアミに飛ぶんで、たまたま同じホテルにステイしてたのよ。

「ちょっとお酒飲まない？　日本のことでいろいろ教えてもらいたいこともある

しさ」

このキャロルというのは、ロータリーの奨学金で、日本に来たことがあるの。だから日本語もかなりうまい。ソバカスだらけの女の子だけど、私、いっぺんに好きになったわ。

私もそんなにお酒を飲めないんだけど、キャロルと二人でオールドの封を切った。

「ねえ、ねえ、日本で〝申す〟っていうのは自分のことでしょう。これを敬語っていっていいのかしら……」

などとこむずかしいことを聞くのが彼女、わりと好きみたい。

そのうちに突然、彼女はシーって唇に指を押しあてた。

「声がするわ、ほら……」

私はじっと耳をすませ、そして真っ赤になったわ。だってそのあえぎ声は、あきらかに女性のあれなんですもの。

「やるわね、エイミーも。入社したてだっていうのに……」

「えっ、あっ、そうかー」

あせってとっさに返事ができなかったわ。だってその声って、本当に隣室のエイミーのところから聞こえてくるんですもの。

スチュワーデスって、ふつうツインをシングルで使うわよねぇ。二人で寝ればいいじゃないか、もったいないっていう人がいるけれど、冗談じゃないわ。二人一部屋っていうのは、信じられないぐらい疲れるのよね。同室の人に気をつかうし……。

だから私もエイミーも、いつもひとりひとり鍵《かぎ》をもらっていたの。

それにしても、到着してからまだ二時間もたっていないのに、男性とそんなことをする人なんて誰もいやしない。

「こうなったら、相手をつきとめないとね」

キャロルは急に張り切り出した。

「パーサーのチャーリーはそんなことをするとは思えないから、ひょっとするとキャプテンかしら。まさかね……」

そしてキャロルは、私に絶対今夜は寝ちゃダメと言いきかせる。

「いい、相手の男が朝帰る時姿を現わすはずよ。それを見とどけなきゃね」

次の日は何にも用事がなかったから、確かにこの部屋で見張っててもいいんだけど、私って午前四時をまわると、もう目が見えなくなってしまう。私がここのエアラインを選んだのは、眼鏡も可だったからよ。私はひどい近視なの。時々はメガネをかけて食事をサービスすることもあるわ。それってプロフェッショナルみたいで私好きなの。

そんなことより同僚のベッドの相手を確かめようなんて、あんまり上品なことじゃないわよね。

だからその提案を断ろうと思ったんだけど〝クルーの中なんじゃないかな〟という言葉を聞いた時、とっさに思い出す人がいた。

本当のことを言えば、ロビンさえ部屋にいれば、誰があの子のベッドに行こうと構わないって私は思ったの。

ロビンは二十四歳のパーサーなの。横顔がリチャード・ギアに似ている。かなりのハンサムよね。アメリカのエアラインって、ハンサムに限って、すごくホモが多いんだけど、彼はそんなことないみたい。

だって前に、彼女の写真を見せてもらったことあるもの。大学の二年生だっていってたわ。

「日本の古いコスチュームが大好きで、お土産に買って帰ると喜ぶんだ」

なんて言ってた。なんでも美術史を専攻してるんですって。

「結婚するの」

って聞いたら、首をすくめたわ。

「僕も彼女も、人生においてまだトライしなくてはならないことがあるから、先のことはまだわからないよ」

彼はね、ここに勤めてお金を貯めたら、今度は大学院に入り直すんですって、将来は政治を研究したいんですって。

スチュワーデスでも、アメリカ人はそういう人が多いわね。キャリアを積むために、もう一回学校に入り直す。そのためにそうして働いているんだって。

すごく大人のところがあるのよ。すべての行動は、自分で考えてやっているんだから、いっさいの責任を持つ。そのかわり、口出ししてほしくないって全身で言っているような気がする。

エイミーは中身はアメリカ人よ。だからそんなふうに物ごとを割り切って考えられるの。もう自分の勤務時間は終わった。だからホテルの部屋に、男を引っぱり込もうとどうしようと勝手じゃないかっていう感じ。確かにそうなんだけど、やっぱり私は驚いてしまう。

私としてはね、たった二人きりの日本人クルーでしょ。だからいろんなふうに心を打ち明け合って、楽しくやっていきたいと思うのよ。だけど彼女はダメ。そんな日本人的行為は、あの人の最も嫌うものよね。そういう態度を理解しなくちゃいけないって、私ずうっと思ってた。

でも今は違う。私、エイミーのこと、大嫌いだと思った。ロビンのほっそりした肩に、彼女の長い手がからみつく場面を想像して、私、思わず耳をふさいだわ。隣の部屋から、あの声はまだ聞こえてくる。それはそんなに大きくはなかったけど、止まる時がないの。

「エイミーってなかなかやるわね」

キャロルが、とっても下品な笑い方をした。

「いい？　相手の男が部屋を出るのを確かめるのよ。それまで起きてるの」

私はずうっと手を組んでた。

「神さま、どうか隣の部屋にいるのが、彼じゃありませんように……」

どのくらい時間がたったかわからないわ。気がつくと、窓の方がすっかり明るくなっていた。

キャロルも、ソファの上でぐっすり寝込んでいる。やっぱり勤務の後で、寝ずの番をしようなんて無理なのよね。

「やーね、ナホ、男は帰っちゃったみたいよ」

飛び起きたキャロルが小声で私を叱《しか》った。自分だって寝ていたのにひどいわよね。

「仕方ないわ。もう探偵ごっこはあきらめて、私は私の部屋で寝るわ。じゃーね」

あっさりと彼女は部屋を出ていったから、私はずいぶん救われたような気分になった。私、本当は確かめたくなかったんだと思う。エイミーの部屋にいるのが、ロビンだったら、私、もう彼女と一緒に働けない。そんな気持ちの動きが、私をうたた寝させたんじゃないかしら。

その朝、コーヒーハウスでひとり朝食をとった。大きなガラス窓からは、プールがよく見えるわ。いつもどおり、エイミーがゆっくり泳いでた。このあいだと同じ、紺色の競泳用の水着。それを着て、プールサイドに立つ彼女ってまぶしいくらいに綺麗《きれい》。朝の陽《ひ》をあびて、いかにも健康な若い女よね。

本当に不思議。昨夜遅くまで、男の人を自分の部屋に呼んで、ベッドの上で声をあげてた彼女なのに、そんなことは嘘《うそ》みたいに健やかで綺麗なの。

私、彼女のダイナミックさに打ちのめされたみたいな気分になった。いろんなものを吸収して、また自分の中でつくりかえる。そして養分を吸いとった若木みたいになる。

これって、私たち日本の女の子のスケールじゃはかれないことなの。やっぱりエイミーはアメリカ人なの。でも他のアメリカ人の女みたいに、白い肌で金髪だったら、私、こんなに気にならないと思う。だけど自分と同じ肌と髪を持つ女が、こんなにも私と違う。そのことが私を打ちのめすのよ。

こんな気持ち、和子さんだったら、わかってくれるんじゃないかしら。でも長居をしちゃったわ。ごめんなさい。またオフの時は来させてね。その時は今日みたいにグチを言ったりしないわ。じゃあね。

けれども奈保は一か月すぎても、なかなか姿を現わさなかった。

「うちの方にも来ないのよ。いったいどうしちゃったのかしら」

けげんそうな顔をするのは、近くのブティックに勤める洋子だ。アメリカの服は、ひどく縫製が悪いので、奈保は帰国するなりすぐショッピングにやってくるという。

「それがあのコのストレス解消法なのよ。それなのにいったいどうしたのかしら」

「ゴールデンウィークっていうのはね、航空会社のかき入れ時なのよ」

和子は空を眺めながら、ゆっくりと煙草を吸う。雲ひとつない五月の空だ。祝日以外は開けている「青《ブルー》」だが、いつもに比べてずっと客が少ない。

「あの子も、大変なスケジュールを組まされていると思うわ。日本に帰ってきても、買物どころじゃないでしょう」

「へぇー、スチュワーデスっていうのも大変なのね。人が遊んでいる時が忙しいなんてね」

「そうよ。よく言われていることだけど、あれは重労働なのよ。たいていのスチュワーデスは、まず腰をやられるわね。揺れている機内で、足を踏んばらせて立つっていうのは、それだけで大変な負担をかけてるの」

和子は、藤色《ふじいろ》のカーディガンのウエストあたりを軽く叩《たた》く真似《まね》をした。

「和子さんって……」

洋子が遠慮がちに言う。

「以前スチュワーデスをしていたことがあるって本当なの？　奈保が絶対そうだって言ってたけど」

「まさか」

和子はそれが癖の、うっすらとした微笑をうかべた。

「私はふつうのおばさん、昔も今もずうっとそうだったわ」

洋子が帰ると、店は誰も居なくなった。今年のゴールデンウィークは快晴続きで、遠出する人がずいぶん多いようだ。成田からの出国者数は、円高ということもあり、記録的な数になったというニュースが伝えられている。

スプーンをリネンで磨く和子の手が止まった。扉を開ける音がしたからだ。目の前には、陽《ひ》にやけた奈保が立っていた。

「いらっしゃい」

「ただいま」

奈保はにっこりと笑う。五月の陽《ひ》ざしのような笑いだった。

「ちょっと前まで洋子さんがいて、あなたの噂《うわさ》をしていたのよ。どうしたの、ずいぶん長く帰ってこなかったのね」

「もう、くたくた」

奈保はカウンターに腰かけたが、口で言うほどは疲れていないらしい。もうすでに、たっぷりと休養をとった後なのだろう。

「チャーター便をいくつも担当したのよ。すごい数なの。アメリカに行く日本人って。日本人のスチュワーデスは少ないから、もうこき使われててんやわんやだったわ。国内便の、ロス・ニューヨーク線にも乗らされたのよ。人がいないからって」

「それはご苦労さま」

「でもね、チャーター便って、私そんなに嫌いじゃない。初めて外国に行く、お年寄りが多いのよ。『スチュワーデスさん、アメリカってどんなとこですか』なんて私に聞いて、行く前からそわそわしている。そういうのを見てると、本当に楽しそうだと思っちゃうわ」

「そう、ひと昔前の団体さんって、行儀が悪いって嫌われていたものだけどね」

「そんなことないわ」

奈保は大きく首を横に振る。

「すごく可愛《かわい》いと思う。知らないことを、知らないって言う人たちって、私、好きよ。あのね、私たちスチュワーデスにいちばん嫌われるタイプって、ビジネスクラスに多いわね」

「ビジネスクラスねえ」

「そう。いかにも自分は乗りつけているっていう感じで乗ってくる人たちよ。日本の大企業のビジネスマンたち。このあいだとサービスの仕方が違うじゃないかって怒鳴《どな》ったり、そうじゃなかったら英語で話すの」

「へえー、英語で」

「そうよ。アメリカのエアラインのビジネスクラスに乗っているぐらいだから、自分は英語ができるんだ。それなのに、日本語で話しかけるなんて失礼じゃないかって思ってるやつ」

「本当に飛行機に乗る人って、おもしろい人がいるのね」

「それだけで一冊の本ができるぐらい。あ、和子さん、うんと熱いジャスミンティをいれてくださる」

しばらく二人の間には、香りだけがあった。

「ねえ、奈保ちゃん」

しばらくしてから和子は言った。

「あなた、なにかいいことがあったんじゃないの」

「わかる?」

奈保は顔を上げる。そのほんのりとした頰《ほお》の赤みは、今までの彼女にはないものだった。

「あのね、ロスでステイしてた時に、ロビンとメイクラブしたのよ」

「おや、おや」

奈保のあけすけな言葉に、和子は大げさに驚いてみせる。

「私もことのなりゆきにびっくりしちゃったわ。あのね、彼がゴルフに誘ってくれたのよ。私、疲れてたからあんまり行きたくなかったんだけど、彼が車で迎えに来てくれたから……」

「彼はロスに住んでいるんだ」

「そうなの。郊外に結構いいアパートを借りているのよ。アメリカに帰ってオフの日は、たいてい釣りをしてるか、泳ぐか、ゴルフをするって言ってた。ゴルフはすごくうまいの。プロにもなれるんじゃないかしら」

「それは、それは……」

「ゴルフの後、チャイナタウンで食事したわ。彼ってお米とお醬油味《しょうゆあじ》が大好きなんですって。だから、東京・ロス路線を、自分から希望したって言ってたわ」

「それから、日本の女性も大好き……」

「あら、どうして和子さん、彼の喋《しゃべ》ったことがわかるの」

「わかるわよ」

和子にしては珍しく、声をたてて笑う。

「そこまで言ったら、後は日本女性のことを誉めるにきまってるじゃないの」

「ひどいわ、そんな言い方」

奈保はぷんとふくれた。

「彼はそんな人じゃないわ。真面目《まじめ》で誠実で、いまどきの日本男性よりずっと信用できるわ」

「ごめんなさい。お米やお醬油と一緒にしたのが悪かったわね」

「それでね、彼は言うの。僕は奈保に最初に会った時から恋していたんだって。

黒い髪とか、黒い瞳《ひとみ》の美しさに魅《ひ》かれたんじゃない。世の中に、こんなにやさしくて、女らしい人がいたのかと思ってびっくりしちゃったんですって」

「そりゃ、そうでしょ。気の強いアメリカ人スチュワーデスの中で、あなたなんか天使のように見えるかもしれないわ」

「そう、そうなのよ」

奈保はとびあがるように叫んだ。

「君は飛行機に乗ってやってきた僕の天使だって彼は言ったわ」

## レインコート

梅雨にもうじき入ると、朝のニュースが告げた午後、本当に雨が降った。

目がさめるような黄色のレインコートを着て、「青《ブルー》」のドアを押したのは奈保だ。

自分では気づいていないに違いないが、彼女の着こなしや色彩感覚は、日いち日と日本人離れしていくと、和子は思う。
ブルーのややきつめのアイシャドウや、細く巧みに入れたリキッドのアイライ
ンも、日本の若い女はなかなかしないものだ。外資系の女によく見られる、きり
りとした身のこなしも、奈保にとってもう自然なものになっている。
しかし、なんていっても、いちばん変わったのは髪型だろう。おそらく、恋人
のロビンが、そうするようにすすめたのか、あるいは心を込めて絶賛したのかは
わからないが、奈保の髪は、パーマっ気のないストレートヘアになっている。世
界の男たちが、こよなく誉める、日本の女の黒髪を、奈保は意識し始めている。
外人の恋人を持った証《あかし》のような髪だ。
「えっ、やっぱりわかるう」
奈保はとろけるような表情をした。
「ロビンって、私の髪がとっても好きなんですって。さらさらしていて美しくっ
て、まるでミラクルみたいだなんて言うの」
「おや、おや」

和子は苦笑いしながら、紅茶茶碗《ちゃわん》を彼女の前に置く。テーブル席に、二人の客がいたが、奈保は平気らしい。

「このあいだは二人で一日中ゴルフをしたわ。彼はとってもうまい。向こうのゴルフ場っていうのはね、ものすごく空いてて、ものすごく安いの。本当にスポーツっていう感じ。日本のゴルフ場っていうのは、なにもかも異常よ。私、本当によくわかった」

「あら、奈保ちゃんもアメリカ人の恋人を持つと、だんだんアメリカびいきになるのね」

「いやな、和子さん」

奈保はぷうっとふくれる。

「私、外人に憧《あこが》れるそこいらの女の子とは違うわ。彼は仕事場の同僚で、たまたま愛し合うようになったのよ」

「失礼しました」

「そうよ。失礼しちゃうわ」

怒っているふりをしたが、目が笑っている。恋の話を、誰かにしたくてたまらなかったのだ。

「だけど、私、冷静に考えてね、やっぱり彼がアメリカ人だから、好きになったところがいっぱいあると思う。日本の男の子とは違うの。いくら親しくなっても、自分の女っていう見方をしない。しばろうとしない。一人のちゃんとした人間として認めてくれるの。うまく言えないけど、一緒にいてとっても安らぐし、楽しいわ。心から自由に、のびのびできるの」

奈保は、なかなか紅茶に手をつけようとはしなかった。

「この頃、ステイの時が本当に楽しいの。前はあんなに嫌だったのにね。ホテルの部屋に閉じ籠もって、本を読んだり、何度もコーヒーハウスに行ったりした。今はそんなことはないわ。彼とゴルフをしたり、泳いだりするのが楽しくって、楽しくって……」

「そのわりには、あなた、あんまり日焼けしてないのね」

「そうなの」

大きく目を見開く。

「彼がね、ナホの肌はまるで陶器みたいだ。シミもなんにもなくて本当に綺麗《きれい》だって言うの。僕のためにも大切にしてくれって言うでしょう。だから日焼け止めクリームを塗って、絶対に直射日光にあたらないようにしているの」

「やれやれ……」

和子は大げさに手を振った。

「聞いてられないわ。それで、いまあなたがここにいるってことは、彼も東京でステイしているってことね」

「そうよ、あら、大変」

奈保は男物の時計に目をやる。

「渋谷《しぶや》で待ち合わせをしているの。アメリカで見逃した映画を、見ようっていう約束なのよ」

あわてて立ち上がった。伝票と五百円玉を置く。

「ちょっと、せっかくいれたんだから、紅茶を飲んでいきなさいよ」

「でも、雨だから車が混《こ》んでいるのよ。じゃ、ごめんなさい」

黄色のレインコートを片手に、奈保は敬礼のような手ぶりをした。

「バーイ」

発音といい、しぐさといい、アメリカ人そのままだった。

## インビテーション・カード

その招待状が届けられたのは、短い梅雨が終わり、気象庁も人々も考えていたよりもずっと早く、真夏の太陽が顔をのぞかせた日だ。

その場に居合わせた常連客たちは、その手紙を受け取った時、和子の顔色が確かに変わったと証言している。

「嫌になっちゃうわねぇ……」

誰に言うともなしに、和子はつぶやいた。

「時々、亡霊みたいなのが、遠いところからふうってやってくることがあるのね」

　それ以上は何も言わず、和子はその手紙を無造作に飾り棚の横につっ込んだ。領収書や、役所からの通知らしきものが、居心地悪そうに置かれている場所だ。他のことでは、きちょうめんな和子だったが、こういう整理は、苦手らしい。月に一度、税理士がやってくるまで、これらの束は、そのままにされていることが多い。

「あらーっ」

　突然声をあげたのは、フライトからもどってきたばかりの奈保だ。

「ねえ、あれ、なんなの」

　視線のたどりつく先は、飾り棚だった。そこには、ちょうど、例の手紙が投げ込まれていて、その端が見えている。白や茶色の封筒の中で、薄いグリーンは確かに目立ったが、騒ぎたてるものでは、もちろんない。

「あれってなによ」

　和子は不思議そうにふり向く。

「あのグリーンの手紙。ちょっと見せてくれない？」

「どうして、私に来た手紙をあなたに見せなきゃいけないの」

和子はそっけなく言う。

「ごめんなさい」

奈保は素直に謝ったが、けげんそうな顔はそのままだ。

「だって、あの手紙、私のところに来たのと同じなんですもの。そうよ……、緑のリバティ模様の封筒なんて、めったにないわ。あれって、Rエアラインからの手紙じゃないの」

和子の顔色が変わったことに、奈保は気づいていない。無邪気な顔でなおも言う。

「ね、そうでしょう。あそこの極東支配人が代わって、その就任パーティーを、ヒルトンでやるっていうインビテーションじゃないの。へぇー、和子さんのところにも来たんだ――」

「ナホちゃんのところにも、どうして。あなたの会社はアメリカなんだから、イギリスの航空会社なんて関係ないじゃないの」

「そうなんだけど」

奈保は大きく目を見開く。

「おもしろいのよ。今度支配人になる、ハミルトン夫妻って、エイミーのロンドン・ペアレンツなの」

「なんですって」

「ほら、あの子が高校の時かなんかに、パパの任期が終わって、日本に帰ってくることになったの。だけど彼女は、もうちょっとロンドンにいたいって、ゴネたらしいのね。そうしたら、ハミルトン夫妻を紹介してもらって、しばらくそこのうちに下宿させてもらったらしいの。ハミルトン夫人っていうのは日本人で、もとスチュワーデスをしてたっていうわ。エイミーが、この仕事についたのも、その奥さんの影響が強いみたい」

「そうだったの……」

和子が夢から覚めたような声を出した。

「極東支配人っていうのは、今や大変なエリートコースなんですって。エイミーは大喜びしてるわ。今度、東京でしょっちゅう会えるって、それでね、その就任パーティー、航空界のおエラ方もいっぱい来るでしょ。ちょっと勉強のためにもおもしろいんじゃないって、私を誘ってくれたのよ。だからインビテーションが来たってわけ」

奈保はなおも問いかける。

「ねえ、和子さんのとこにも、どうして来たの。ハミルトンさんを知ってるの」

「知らないわ。話にはよく出てたけど……」

いつものような、ひんやりとした表情にもどっていた。

「うちのお得意さんにね、Rエアの日本支社の人がいるのよ。たまたま私の住所かなんかを控えてて、それで送ってくれたんじゃない」

「そうなの」

奈保はやや不審そうに和子を見たが、例の封筒を、彼女がカウンターの陰でぐしゃっと握りつぶしたのまでは気づかなかった。

ロスから

もし、もし、和子さん……、私、奈保よ。いま日本は夜の八時よね。こっちは午前三時……。そう、オーバー・シー・コールでかけてるの……。

もう閉店した？　そう、最後のお客さまが帰ったところ。よかった。ねえ、いま電話してもいい？　私の話を聞いてくれる。

いいの、国際電話料金なんて関係ないわ。いまの私を救ってくれるんだったら、アフリカにだって、インドにだって、長距離をかけたいような気分なの。

昨日、いつものようにロスに着いたわ。いつものホテル、いつものように、エイミーが隣の部屋に来たわ。

そして、いつものように、あの声が聞こえ始めたっていうわけ。私、もう慣れてるから、やれ、やれって思った。キャプテンでも、チーフ・パーサーでも好きな男を連れ込んでちょうだい。私には関係ないわ、っていう感じだったの。

だからキャロルが来るまで、相手の男を確かめようなんて気持ち、まるっきりなかった。それなのに彼女、「今夜こそ」って、ものすごく張り切ってたの。

やめなさいよって言ったら、

「あら、そうでなくても、アメリカのエアラインは、エイズのスタッフが多いんじゃないかって言われてるのよ。こういう時に、人間関係がどう入り組んでるのか確かめるのって決して無駄なことじゃないと思うわ」

なんて言うの。

バカバカしいと思ったから、私はベッドに横になった。そうしたら、いつのまにか、うとうとしてたみたい。いくら慣れたからっていっても、時差ってつらいのよ。

そしたら、そしたら……。キャロルに起こされたわ。ベッドの横に、あの人の顔がにゅうっとあった。お化粧をしていない白人の顔……。その時、私、すごく不吉《ふきつ》な予感がしたの。なんでだかわからないけど、そうだったの。

「ナホ、驚かないでね」

彼女は言ったわ。

「いま、彼女のドアが開く音がしたから、そっと開けて、後ろ姿を確かめたの。意外な人物だったわ。ロビンよ。あのハンサムでスウィートな男の子」

嘘《うそ》、嘘、って私は日本語で言って、急いで廊下に飛び出した。スリッパも履かずによ。エレベーターはどれもとっくに下に降りてた。私はこぶしで扉をうちつけて、「早く、早く」って叫んだわ。やってきたエレベーターで、駐車場まで下りた。

ロビンに絶対に追いつこうって考えたの。二、三分前に出ていったのなら、間に合うって思ったのね。

エイミーの部屋にいたのは、絶対に彼じゃないって言いきかせながら、彼を追いかけるなんて、本当におかしいわね。

真夜中の駐車場が、どんなに危険か、よくわかってたけど、私はストッキングのままで走ったわ。レイプされたって、仕方ないと思ったぐらい必死だったの。

そして、私、目の前を横切るヘッドライトを見たわ。赤いホンダ……、それは確かにロビンの車なの……。

# 紫陽花《あじさい》

この店は、雨の方が似合うと言ったのは、常連客の誰かだ。

確かに、まわりのざわめきは雨音が静かに消し、アールグレイのかおりは、いっそうしっとりとカウンターのあちこちに、こもり始める。

そしてなによりも、雨が降り始めると、女主人の和子が、いきいきと見えてくるのだ。いつも白いっぺんとうの花が、紫陽花に替わる。青と紫の色は、黒い御影石《みかげいし》のカウンターに、よく合って、ぼんやりとした白い影をつくる。

「雨の日は、煙草《たばこ》がおいしいわ」

長い指先に、サムタイムをはさみ、和子はゆっくりと煙を吐いた。

「殺生だなあ……」

悲鳴に近い声をあげたのは、常連客の石川だ。

「オレが禁煙してるの、知ってるだろ。それなのに、煙を吐きかけるんだからなあ」

「目の前にいるのが悪いのよ」

和子は再びゆっくりと煙を吐く。

「だいたいねぇ、今どき煙草を吸うなんて時代遅れだよ。どお、この店、禁煙コーナーを設けるとかするのは。話題になると思うよ」

「まっぴら」

和子は、まだ長いフィルターを灰皿の上に押しつける。特に石川の言葉が気にさわったからではない。いつもそう短くは吸わないのだ。

「大人の楽しみを奪う権利はないもの。煙草を吸えるから喫茶店なのよ。もちろん、すぱすぱチェーンスモーカーは大嫌いだわ。だけど、二本、三本、紅茶と一緒にやるのはおいしいものよ。石川さんも無理しないで、少しは楽しめばいいじゃないの」

その時、カウンターの電話が鳴った。

「もし、もし、和子さん……」

空港独特の音が聞こえる。たくさんの人の歩く音と英語のアナウンス。奈保からだった。

「いま、成田に着いたところなの。今から車をとばしても、一時間半はかかってしまう。閉店の時間よね。あの、それでも、ちょっとだけいいかしら……」

「わかったわ。九時に閉めても、後片づけや何だかんだで、一時間くらいいるわ。だから気にしないで、ゆっくり来てちょうだい」

受話器を置く。石川がこちらを見ていた。好奇心をむき出しにしている。

「今の電話、男からかい」

「まさか、そんなんじゃないわよ」

「気になるなあー」

大げさに顔をしかめる。

「みんなで言ってるんだぜ。和子さんの恋人って、どんな男なんだろうって。和子さんにはいろんな説があって、わりと根深いのが、財界の大物パトロン説」

「だったら、こんな小さな喫茶店をやってるもんですか。銀座にお店でも出してもらうわ」

「それとさ、どこかの劇団の、若い男の子を囲っているっていう説」

「高橋君のことね。あの子はイギリスと紅茶が大好きだから、それでしょっちゅう来ているのよ」

「その次に、出てる噂《うわさ》は……」

「石川さん」

和子は急に厳しい顔つきになった。

「身元調査はお断りよ。生まれた場所や、男のことまでサービスで話さなくっちゃならないんだったら、別に来ていただかなくてもいいわ」

「悪い、悪い。そんなに怒んないでよ」

石川は、いかにも人のよさそうな丸い目をしばたたかせる。

「それだけ和子さんって、オレたちにとってミステリアスなんだよ。男の想像力をかきたてるっていうか、つい詮索《せんさく》してしまうんだよね」

「ここに来る時は――」

和子は言った。

「紅茶の味と、かおりだけを楽しんで。それ以外はなにもお出しできないわ」

## 水玉模様

朝から降り続いていた雨は、夜になってから少し強くなっていたようだ。

ドアを押して入ってきた奈保の白いコートは、雨がつけた水玉模様が、いくつも散らばっている。

「タクシーの運転手さんが、ここの前の道まで入ってくれないの。そこの信号のところで降ろされてしまったわ」

「髪も濡《ぬ》れてるわ、早く拭《ふ》きなさい」

「ありがとう」

受け取ったグレイのタオルを髪に押しあてながら、もう一方の手で奈保はコートのボタンをはずす。ネイビーブルーのスーツが見えた。

「あらっ！」

和子の大声に、驚いたのは奈保の方だ。

「私、なんかした……？」

「ううん、ちょっとびっくりしたの。コートの下に制服を着てたから」

「そうなの。私たち外国のエアラインは、着替える場所を持ってないから、成田に着いてもいつもこのまんま」

「それが制服なのね。制服姿のあなたを見るのは初めてね。とってもよく似合うわ。やっぱりスチュワーデスっていう感じになる」

「私、スチュワーデスがこんなにつらいって思ったの初めて」

奈保は力なくカウンターに座る。

「私たちスチュワーデスが、いちばんしてはいけないことっていうのは、私情を持ち込むことね。嫌なことがあったり、気分が悪い時に、それを顔に出すのは最低だって、トレーニングセンターで、きつく言われたわ。だけど今度のフライトは、私にとって地獄だった……」

「紅茶、なんにする」

「あのね、うんとかおりがよくて、熱いやつ」

「わかったわ。ロイヤルブレンドにしましょう」

和子は棚に並べられた缶に手を伸ばす。ここではフォートナム&メイソンはじめ、通好みのブランドが置かれている。

「ロビンもエイミーも、同じ飛行機に乗ってるの。ロビンは、ファーストの方を担当してたけど、私とエイミーは後部を一緒にサービスしたの。あの人、あのことを知っているみたいだった。二人でワゴンを押していくでしょう。あの人、やたらと機嫌がいいの。いつもはそんなことしないのに、日本人の団体にもニコニコしている。私のこと、バカにしてるのよ」

「それは考えすぎよ。彼とはそれから話し合ったの?」

「ううん。ターンテーブルで荷物を待ってる時に、どうしても今夜食事をしようって言ってきたけど、私、振り切って帰ってきちゃったの」

「それはよくないわね」

「和子さん」

奈保は顔を上げた。彼女の大きな目は、すでにうるんでいる。リキッドのアイラインが少し神経質にぴくぴくと震えた。

「私、もうこの仕事、やめたいわ」

「どうして。せっかく入った会社じゃないの」

「ううん、もう嫌なの。前から嫌だったの。私、ＪＡＬに入ればよかったんだわ。ツッパって、外国のエアラインに入ったから、アメリカ人にやられちゃうのよ。エイミーもそう。あの人はアメリカ人。人の恋人をとったりするのも平気なの」

「もうちょっと、落ち着いて話しましょう」

和子は言って、カップをさし出す。ウェッジウッドの中に、褐色の湯気が立ちのぼっていた。

「男の人といざこざを起こしたからと言って、仕事を捨てるのは間違ってるわ。それとこれとは、全く別のものでしょう」

「でも、ロビンがいたから、外国人クルーの中でもなんとかやっていけたのよ。私、宇宙人みたいに、考え方がまるっきり違う人たちの中で、ひとりぼっちだったの。でも、もうイヤ。私、我慢できない。会社、やめるわ」

「奈保ちゃん……」

和子が静かに言った。

「あなたの言うことを整理してみましょう。あなたはいま、なにが欲しいの。働きやすい職場なの？　それとも彼なの？」

「ロビン……」

奈保はあえぐように言った。

「彼がどうしても欲しいのね。自分のものにしたいのね」

こくんと頷《うなず》く。

「それなら、どうして戦おうとしないの。どうして、戦う前に、自分からリングを降りてしまうの」

「だって……」

「奈保ちゃん、私がどうしてあなたに、こんなお節介やくかわかる？」

「いいえ」

「私も――」

和子は、奈保の衿《えり》についているバッジに軽くひとさし指で触れた。

「かつては、あなたみたいな制服を着てた時があったのよ」

「やっぱり！　前に誰かから聞いたことがある……」

和子は奈保に最後まで言わせなかった。

「イギリスの航空会社だったわ。その当時は、日本で採用されても、スチュワーデスは本拠地をロンドンにしなくっちゃいけなかったの。私もあなたと同じように外国人の間で苦しんだけど、いつか恋をしたの」

「クルーのひと？」

和子は否定も肯定もしなかった。

「そしてね、今のあなたと同じように、戦わずして勝負を降りたの。それは、私の一生の悔いになっている。負けたからじゃないわ。戦わなかったっていうことよね」

和子はいつのまにか封筒を手にしていた。ハミルトンという人物の、極東支配人就任パーティーの案内状だ。

「偶然っていうことは、本当にあるのね。エイミーと、彼らが知り合いだったなんて」

「え、なんのこと」

「いいの。私のひとりごと。奈保ちゃん、あさってのこのパーティーに行くのよ。そしてエイミーと話し合うの、戦うの」

「嫌よ、そんなこと、私、できない」

奈保は激しく首をふった。

「そんなことするぐらいなら、死んじゃうわ」

「だいじょうぶ」

和子は静かに微笑《ほほえ》んだ。

「私も行くわ。そして見せてあげる、あなたにね、戦わなかった私の過去をね」

## 奈保からの手紙

ロスはあいかわらずの快晴です。雨が降り続いていた東京から、こちらに来ると、太陽の光が、なんかいらだたしくなります。

西海岸って、一時期すごく人気があったけど、そうでもないでしょう。わかるような気がします。やはり日本人って、ウェットな風土が好きなんです。太陽さんさん、ローラースケートの文化って、次第にほこりっぽく見えてくるんじゃないかしら。

前置きが長くなりました。先日は本当にありがとうございました。

実はパーティーに行く前から、私は薄々と感じていたの。ハミルトン氏って、和子さんの昔の恋人で、あの礼子夫人は、元のライバルだったわけでしょう。

ごめんなさい、私、会場で会ったミスター・ウイルソンっていう人から、いろいろ聞いちゃいました。彼は和子さんの古い友人なのね。その後、和子さんがスコットランドへ行って、染色の勉強をなさってたっていうことも、私には初耳でした。

そして、自分の過去を知られるのを、あれほど嫌がっていた和子さんが、私にはいろんなものを見せてくれた。私はそのことにすごく感激しています。本当にありがとう。

私はそれに勇気づけられ、エイミーと話し、そして屏風《びょうぶ》の陰で彼女をひっぱたきました。まわりの何人かは気づいたらしくて、しーんとなってしまいましたが、私は平気でした。

「自分の欲しいものは、どんなことをしてでも手に入れなくちゃダメ。きっと後悔するわ」

という和子さんの言葉が、ずっと耳の中でリフレインしていたからに違いありません。

だけど、残念なことに、ロビンとは別れました。それはエイミーとのことが原因じゃないの。彼が私の「どんなことをしても手に入れたいもの」じゃないって気づいたからだと思う。

だけど今度のこと、本当によかった。だって、戦うことがどういうことかわかったし、自分にもできるんだっていう自信がついたんですもの。それはもちろんライバルをひっぱたくことでもないわ。自分の人生を知ること、そして積極的に生きることよね。

帰り道、和子さんがタクシーで言われたことを、今でもはっきりと思い出します。

「どういうわけか、私のところには、たくさんの女の子が悩みを相談しにやってくるわ。みんな可愛《かわい》らしくて、いい子ばかり。だけど戦うことを嫌うの。最後まではしたくないの。それは醜いと思っているのよね。彼女たちは、いつも自分は可愛らしくしたままで、手を下さない。男の人の気持ちや、運命が好転するのを待っている。私はそれが歯がゆくて見ていられない時があるの」

私もこのあいだまで、そうした女の子のうちの一人だったに違いありません。今でもそうかもしれない。

けれどももう少し見守っていてください。きっと自分で何かをつかみ取る人間になります。今のこの仕事だって、文句を言う前に、戦い始めたら、いろいろおもしろいものを得られそう。来年になったら、こっちの大学で、乗務しながら何か勉強しようかなんて、思ったりしているの。

私、きっと強い女になるわ。

ううん、強い女っていうより、強い人間になります。それがどんなことかよくわからないけれど、ぼんやりと見え始めているの。

その日まで「青《ブルー》」がいつまでもあのままで、和子さんがおいしい紅茶をいれてくださることを祈っています。

ロスのホテルにて　奈保

# お夏

気味の悪い男、というのが由美子の第一印象であった。

何という生地なのだろうか、ぬめるような光沢のあるものを着流して、畳地の草履をつっかけている。女ものの小さな足袋といい、古代裂《ぎれ》でつくった巾着《きんちゃく》といい、男の身につけているすべてのものは、凝りに凝った高価なものらしい。それは着物についてあまり知識のない由美子にもわかる。

男は、踊りを長年やっているのではないかと思われるほど綺麗《きれい》な撫《な》で肩をしていた。羽織の絹が男の肩をすべり、ぴたりとちょうどいいところでとまっている。絹がかすかに上下したかと思うと、男が初めて声を発した。

「なんや、えらい大きな女子《おなご》やなあ……」

自分を指しているのはすぐにわかる。女学校で短距離をやり出してからというもの、四肢が由美子の意志に反してすくすく伸びてしまったのだ。が、それはもちろん悪いことではない。戦争の傷がようやく癒《いや》され始めている今、昭和二十九年、由美子はスタイル抜群の新人女優ということで売り出し中なのだ。会社の方針で、由美子はいつも品のいいワンピースを着せられてきたが、手袋をはめ、ハイヒールをはくと、こづくりの顔とあいまって舶来の人形そっくりになると人は言う。

「野村由美子さんです。うちのホープですから、どうぞよろしくお願いいたします」

　学徒出陣の生き残り組である助監督の村田は、こういう時いかにも律儀《りちぎ》に布の帽子を脱ぐ。年のわりには薄いと言われている髪が、汗のために少し光っている。薄物が終わり単衣《ひとえ》の季節であった。

「こちらは甲斐《かいの》庄《しょう》先生だ。衣裳《いしょう》の考証をしていらっしゃる。いろいろめんどうをおかけすることになると思うから、しっかりご挨拶《あいさつ》するように」

　村田の口調が由美子には不満である。めんどうくさいことばかりのこの京都撮影所で、年も近いことがあって友人のようにつき合えるのは、この村田ぐらいなのだ。それなのに彼は急に分別くさくなって、説教がましいことを口にする。目の前にいる小柄な老人が、それほどえらい人間なのだろうかと由美子はさらに目を凝らした。若い不躾《ぶしつけ》な視線は、もしかすると傲慢《ごうまん》に見えたかもしれない。甲斐庄という老人も、唇を少々曲げてこちらを見る。なまじ整った顔立ちをしているだけに、ぞっとするほど意地悪気な表情になった。

「こんな大女が、ほんまにお夏をやらはるのか」

外見から判断してかん高い声を出すような気がしたが、老人の声は意外に低くなめらかである。そしてそれはまっすぐに由美子の胸に突き刺さる。

女学校を卒業する年、親友が冗談半分で出したニューフェイス応募がきっかけであった。入社するなり、準主役級で三本の映画に出た。のびのびとしたお嬢さんらしさがよいと、雑誌や新聞の評に書かれ、会社としても青春スターとして育てるつもりらしい。いわば戦後世代の、等身大の娘を表現出来る女優として重宝がられている自分の、いったいどこが気に入り、巨匠堀口監督が声をかけてくれたのか由美子はまだわからないでいる。しかも由美子が演じる女は、西鶴《さいかく》がつくり出した悲劇の女、但馬屋《たじまや》お夏だ。時代劇に出るのも初めてならば、京都撮影所にやってくるのも初めての由美子は、まだとまどいと怯《おび》えの中にいる。オムニバス映画の他の部分に出演している俳優たちは、誰もが当代きっての名優と呼ばれ、しかも「堀口組」の一員とされる人々である。助監督はもちろんのこと、照明、結髪にいたるまで堀口の崇拝者で固まっているこの撮影所は、由美子にとっては驚きの連続である。まだ撮影は始まらず、新人に近い由美子は村田に連れられてあちこち案内してもらっているのであるが、どこへ行っても由美子は、自分の体をなめまわすような露骨な視線を感じる。いや、露骨というのは性的なにおいも含まれているが、撮影所の人々から受け取るのはそうしたむき出しの欲望の無邪気ではない。プロの職業人として、中身《しやしん》をじっくりと確かめる陰湿さである。

「この娘はん、ほんまに堀口さんの映画に出はるんやろか」

しかしはっきりとそれを口に出したのは、この老人が初めてである。由美子は昂然《こうぜん》と胸を張った。何かに挑戦しなくては、ここで潰《つぶ》されてしまうという思いである。

「私は女優ですから、お声がかかればどんなとこにだって行って、どんな役だって演じます。文句があるならば監督におっしゃってください」

「おほほほ……」

老人は話している時とは全く違う、高いキイの笑い声をたてた。笑った拍子に内臓のどこかがひっくり返り、奇妙に鳴り出したような笑い方である。

「おもろいなあ、こういうのをアプレゲールと言うんやろな」

羽織の裾《すそ》を翻《ひるがえ》して老人は去っていった。足音が全くしない歩き方で、やっぱりあの男は踊りをやっているに違いないと由美子は後ろ姿を見つめている。

甲斐庄という男のことを、いち早く詳しく教えてくれたのは、結髪のお峰さんである。どこの撮影所でも、結髪の女たちは新人女優の慰撫《いぶ》役であり情報担当でもあるのだ。

「山田五十鈴《いすず》はんもな、田中絹代はんもな、カイさんの着付けやないと承知しまへんのや。細い紐《ひも》何本か使うだけでな、そら、うまく着せるんやで。女の体、どうしてそんなに知ってはるのか、おかしな話や」

ここで彼女は卑猥《ひわい》な含み笑いをしたが、意味がわからぬ。

「それって、あんまり女の人とつき合ったことがないっていうことかしら」

「つき合ったことがないというよりも、女よりも男はんの方がずうっと好きっていうことやろな」

由美子は赧《あか》くなる。そういう性癖の男がいることは知っていたが、間近で見たことがなかった。そういえば甲斐庄の身のこなしや喋《しゃ》べり方のやわらかさには不自然なところがある。直線を嫌悪《けんお》し、自分のすべてを曲線で構成しようとしているかのようであった。

「あの人って、踊りのお師匠さんか何かをしていらしたの」

「踊りをやってたなんて聞いたことがないなあ……」

お峰さんは仕事着である割烹着《かっぽうぎ》のポケットから、洋ものの煙草《たばこ》を取り出した。東京の撮影所でもそうだが、結髪の女というのはおしなべて煙草好きである。

「なんだかえらい画描きさんやという話や。堀口先生とは戦争中からの仲でな、今じゃ、カイさん、カイさんいうていろんなことを頼りきってはんや。カイさんもな、堀口先生の仕事が入ると、そりゃ張り切って毎日ここに通ってきはるわ」

あの老人とあまり関わり合うことがなさそうで、本当によかったと由美子は思った。他に大物女優が二人出演しているために、甲斐庄はそれにかかりきりになる。由美子は会社の衣裳部に任せるということになっているのだ。その通達はどれほど、由美子を安堵《あんど》させたことだろう。あのしなびた蜜柑色《みかんいろ》の手が、自分の体に触れることを想像するだけで、本当にぞっとしてくる。そうでなくても、由美子は京都の空気や人々がどうしても好きになれない。最後まではっきりとものを言わず、こちらの出方をうかがうようなあの底意地の悪さといったらどうだろう。何かを蓄えているくせに、絶対それを曝《さら》け出したり、溢《あふ》れ出したりさせることはない。生粋の京都っ子である堀口監督にしてもそうだ。由美子のパートの撮影はまだ始まっていないのであるが、顔を合わせるたびに、

「あなたの好きなようにやってください」

と言う。時代劇の経験のない女優に、好きなやり方などあろうはずもない。さしあたって村田が連れていってくれた撮影所近くの茶の湯の師匠のところに通うようになった。基本的な所作を身につけるようにという監督の指示である。が、これが撮影所内のひそひそ話を、さらに高める結果になったことを、由美子はお

峰さんから聞いた。

「堀口先生は、襖《ふすま》の開け閉《た》てもよう出来ん女を、西鶴もんに使うつもりやろか」

ああ、京都などというところは本当に嫌だと由美子は思う。これまで監督にも共演者にも恵まれ、まるで学生生活の延長のような楽しさと賑《にぎ》やかさの中で仕事をしてきた。堀口に見出されたことを、大抜擢《ばってき》のように人々は言い、女優として大転換を迎えることが出来ると喜んでくれたものであるが、こんなことでは東京にいた方がずっとよかった。今の時期、東京はそろそろ正月映画の準備が始まっていることであろう。早撮りと、巨匠の堀口監督なら馬鹿《ばか》にするであろうが、観客の観たい肩の凝らないものを軽いタッチでつくる、それがどうしていけないのだろうか。

堀口監督の映画は、制作費も期間もいつも予定を大幅に超えることで有名である。ラッシュのフィルムを見て、自分のイメージと違っていたとすべて撮り直したり、俳優の演技がどうしても気に入らないとワンカットも撮らずに一日が終わることがしばしばだ。

これでもし、自分の撮影が始まったらどういうことになるのだろうかと由美子は恐怖し、同時に自分を選んだからには何らかの思惑があるわけで、まあ始まればどうにかなるであろうという、現代っ子らしい明るさで撥《は》ね除《の》けようとする。

秋の陽が次第に早く落ちていくようになり、由美子が暮らす下鴨《しもがも》の旅館に小さな手焙《てあぶ》りが入れられた日、由美子は電話で呼び出された。映画の制作本部が置かれている南座近くの旅館に、今からすぐ来いと言うのだ。由美子はグレイのスーツというでたちで出かけた。以前映画の衣裳で知り合った若いデザイナーがつくってくれたそれは、アメリカの雑誌を真似《まね》てつくった最新流行のものだ。ハイヒールの踵《かかと》を鳴らして由美子が市電から降りると、慎しみ深い京都の人たちも何人かが振り返った。

いくらか得意になっていた由美子であるが、座敷に入るなり、「あかん、あかん」というつぶやきで迎えられた。床の間を背にして、堀口監督と脚本の山口が座っている。その横に結城《ゆうき》と思われる対を着た甲斐庄がいた。「あかん、あかん」という声は、甲斐庄から漏れているのである。

「お夏はん、演《や》らはるんやろ。そしたら普段も着物着て、慣れとかんとどうにもならん。あんた、そんな洋装で、大股《おおまた》で歩かはったら、お夏はんがどこかへ逃げてしまいますがな」

「まあ、そこへ座りなさい」

よく学者のような、と表現される監督の口調である。京訛《なま》りもなく、その静かなもの言いで、

「もう一度演ってください」

を繰り返すために、ある有名女優などは神経衰弱寸前に追い込まれたという。

「今日、カイさんに野村君の分の衣裳を見てもらったんだが、全部気にくわないって言うんだよ」

堀口は自分の恋人の我儘《わがまま》を告げるように薄く笑う。まるでこうなることを予感していたかのようである。

「カイさんは忙しい人だし、とても野村君のめんどうまでみてもらえないと思ってた。だけど自分が全部引き受けると言ってくれたんだ」

「そら、そうどすわ。お夏はんといったらな、大店《おおだな》のお嬢さんどす。しかも呉服屋という設定ですわ。そしたら、凝りに凝ったもんを着せられるのはあたり前の話ですわな」

甲斐庄は小さな壺《つぼ》のようなものを取り出した。それが矢立てだということを由美子は知っている。終戦の次の年に八十一歳で死んだ祖父が、やはり矢立てを使っていたからである。甲斐庄はさらさらと画帳に女の絵を描く。女の髪は島田や丸髷《まるまげ》ではなく、もっと古い時代の兵庫というものらしかったが、彼は張り出した髷まで全く難なく見事に再現していく。お峰さんの言う元画描きだったという話は本当なのだと由美子は思った。

「この時代は、友禅が発明される前ですけどな、呉服屋の娘はんならいい絵羽《えば》手に入れてたはずや。姫路に住んではっても、柄は上方風やろな。だから花をぎょうさん入れて……」

菊とも梅ともつかぬ花を描き入れていった。

甲斐庄は前かがみになり筆を進めていく。そうすると華奢《きゃしゃ》な彼の姿が、前後にかすかに揺れる。そんな様子を堀口は楽し気に眺めていた。完璧《かんぺき》主義が過ぎて、時として監督は会社側から圧力を加えられることがある。尊敬されながらも彼を恨んでいる俳優も多いという。そうした世の中の空気を痛いほど感じている監督にとって、憑《つ》かれたように絵を描き続ける甲斐庄は、やはり同好の士なのである。そうでなかったら、この気むずかしい監督が、十年以上もこの男を重用するはずはなかった。

「わしな、この後ざっと店をまわってこようと思ってますんや。たぶんいいもんがないはずやから、そうなったらわしが図案描いて、すぐ染めさせるつもりですわ」

「あのう……」

由美子が発言しようとするので、その場にいた三人の男たちはしんから驚いているようであった。若い新人女優がそこで意志を持ち、何か喋べりたがっているなどということは、考えもしないかのようだ。

「撮影が遅れているといっても、私の出番は来週になるはずです。今からそんなことを言って間に合うでしょうか」

「おっほほほ」

甲斐庄がまた奇妙な笑い声を立て、傍の監督と山口が苦笑している。

「由美ちゃん……」

才能は当然あるのであろうが、まるで堀口の幇間《ほうかん》のようだと評されている山口は、ねっとりとした声を出す。

「この京都の街で、カイさんの思いどおりにならんことはない。一日で仕立ててくれる呉服屋も知っているし、三日で染めてくれる店もある」

「へえー、そうなんですか」

由美子は老人をまじまじと見つめた。この小柄な老人にそんな力が潜んでいるとはどうしても思えない。もしそうだったら、京都というところは何とおかしなところであろうか。こうした魔物めいた人間を受け入れ、権力まで与えてしまうようなのだ。

「ほんま、この娘にはかなわんわ」

甲斐庄は、再びくっくっと笑う。

「いつもわしのことじっと見て、このおっさん、何やろっていう顔をしてますんやで」

あのねと堀口監督が、いつしか由美子の方に向き直っている。

「この人はね、百科事典のような人なんだ、女と美しさの百科事典のね。誰もこの人にはかなわない。僕にしたって、教わったことの百分の一もレンズに映せないんだ。だから野村君もいろんなことを勉強させてもらいなさい」

そうはいっても由美子は憂鬱《ゆううつ》である。あの老人は、由美子が嫌悪する世界の象徴のようなものだ。京都で暮らし始めて二ヶ月近く、由美子はもはやすべてのことにうんざりしていた。この撮影所にはまるで家霊のように棲《す》みついている多くの裏方たちがいる。頑固で実に意地の悪い連中である。新人女優はこういう人たちに好かれてやっと一人前になるということであるが、由美子の勝率は五分五分といったところであろうか。結髪のお峰さんや大道具のシゲさんなど、今やお昼を一緒に食べるような仲の人もいるし、照明の主任のように未《いま》だに木で鼻をくったような返事しかしない男もいる。戦争が終わり、映画産業も近代化を取り入れ、ぐっと風通しをよくしようとしている。少なくとも東京ではそうした努力をしているはずだ。それにひきかえ、この京都撮影所といったらどうだろう。空襲の被害に遭わず、何も失なわなかった誇りと頑迷さを身につけている。古風な職人気質といえば聞こえがいいが、自分の言い出したことはてこでも動かない。少し歩けば撮影所のあちこちに不気味な空間と人々がうごめいている。甲斐庄という人物はその最たるものだ。どうして彼が監督の隣りに座り、あれこれ指図出来るのか知っている者は誰もいない。アメリカとの戦争が始まった年、気がつけば堀口の隣りにあの男がぴったり座っているようになったと大道具のシゲさんが言う。

「最初の頃、先生もあっちの趣味があるんやろかと皆で噂《うわさ》したもんさ。だけどね、先生は知ってのとおりの女好きや。じゃ、あのおっさん何だろうっていうことになったんやけど、カイさんは人が悪くない。監督とのことを笠《かさ》に着て、わしらに命令したり、いばったりすることもないお人や。それに何というたかて、着物のことをあんなに知ってる人はいないで。王朝もんから大正もんまで、女と着物のことならあんなに知り抜いてる人、まずいないやろなあ。由美ちゃんも幸せと思わんといかん。何しろ山田五十鈴はんが、東京へ連れていきたいというたカイさんなんや。あの人が着つけるとな、女の体はほっそり見えて、なんとものう姿がようなる。それに品がようてな、女郎はんの着付けしはっても、そんなに汚ならしくならへんのや。そこが先生にも気に入られたんやろな。由美ちゃんも京都にいる間に、あの人にいろいろ聞いたらええ。いつか大女優さんにならはるんやったらな、着物が似合わんとあかんしな」

京都の男というのは案外饒舌《じようぜつ》である。いったん話し始めると、円《まろ》やかな発音でとめどなく喋べり続ける。由美子は途中からうんざりしていた。まわりの人々の話を聞けば聞くほど、甲斐庄という人物が奇怪でうさんくさく思えてくるのだ。

二十二歳の由美子は処女である。前回の映画の撮影中、主演の人気俳優からそれとなく甘い言葉で誘われたことがある。が、物堅い勤め人の家で育った由美子は、それ以上進むことが出来ず、家に送ってもらう途中、彼のリンカーンの中で接吻《せつぷん》をかわしたのが唯一《ゆいいつ》の思い出である。あの時よりもさらに強い、処女としての由美子の潔癖さが、老人の声や指を拒否している。あの男が選び出した布を肩にかけ、あれこれ批評されるなどまっぴらだと思う。が、映画に三本出たばかりの女優にあれこれ注文など出来るわけもなく、由美子はいつしか甲斐庄に言われるままに制作本部を訪ねるようになった。

由美子が行く時間までに、甲斐庄は反物やこまごまとした小物を取り揃《そろ》えておくのが常である。

「どうえ、どうえ、この友禅ええやろ」

彼がはしゃいで、ふわりと由美子の肩にのせた布がある。大胆な御所車と、撫子《なでしこ》をあしらった柄だ。

「ほら、シーン14で、お夏はんが清十郎はんと初めて逢い引きするとこあるな。あそこは但馬屋の庭ということになってる。大店のお庭や。後ろで虫が鳴いている。それでこれを着てお夏はんは歩いてくるんや」

女のような姿《しな》をつくった。この男はやはり踊りをやっていると由美子は確信を持つ。

「この友禅な、四条河原町のえり庄さんがな、戦争が終わるまでずうっと蔵の中に入れといたものなんや。職人の出来が今とはまるで違う。戦争からこっち、職人の気質が変わってしもうたからな。今はどんなもんつくっても、やたら売れるさかい、手を抜くとこは手を抜くで。昔の職人はそんなことせえへんかったからな、この花びらの描き方というたらすごいもんや。こういうのはな、映画《しゃしん》の中にはっきりあらわれるんやで。白と黒しか出んからこそ、色の美しいものを選ばんとあかんのや。この絹のしっとりしたとこを見てみい。いつ陽の目をみるんやろうか、ほんまに戦争は終わるんやろうかと、人間と同じように蔵の中でずうっと耐えてきた絹や。いい艶《つや》が出てきましたやろ」

これは小袖《こそで》に仕立てまひょと、甲斐庄は歌うように言った。

「わしが撮影の日までに、うんといい帯を見つけたるわ。緞子《どんす》か繻子《しゅす》で黒がええなあ。お夏はんの頃はな、お太鼓なんて野暮な結び方はしてまへん。広幅のもんをな、後ろで可愛《かい》らしう結びましたんや。歌舞伎の役者でな、吉弥っていうのがいましてな、そりゃあええ男やったそうでっせ。その役者はんがな、舞台に出る時に帯を締めてはったそうやけど、その結び目がしんなり垂れてて、そりゃええ形やったそうや。なんであんなにええ格好なんやろいうて、女たちが調べたら、両端に鉛入れてはったんやて。それで吉弥結びが大流行や。女やったら誰もが、後ろで結んでたらっとさせてたんや。これはお夏はんが死んだずっと後のことやけどな、わしはな、やっぱりお夏はんに吉弥結びさせたいんやわ……」

甲斐庄のお喋《しゃ》べりは止まることがないようである。由美子はふとお峰さんの言葉を思い出した。

「カイさんのおうちはな、楠木正成《くすのきまさしげ》はんの子孫になる京都でもそりゃあ古いおうちなんですえ。あのおうちにはな、昔から和宮さんから貰《もら》はったお人形やら、代々伝わるお雛《ひな》さんがごろごろしてたそうや。カイさんは、子どもの頃から、そういうのを着せかえ人形にして、朝から晩までひとり遊んではったていう話やわ」

由美子の肩に反物をかけようと、甲斐庄が由美子に近づいてくる。由美子は身を固くする。老人の乾いた体臭と、旧家の蔵の黴《かび》くささを同時にかいだような気がしたからだ。

「なんや、あんた、棒のようにつっ立って。女なら、こういう時かたちをつくらなあかん」

甲斐庄は呆《あき》れたように声を上げたが、怒っているというよりも、目の前の若い女をどこか面白がっている風でもあった。

「あんた、着物を着たことないのんか」

「ええ。私たちは学童疎開《そかい》で、芋のツルをくわえてた世代です。戦争終わって女学校に入った頃は、完全なタケノコ生活で、うちに着物なんてまるっきりありませんでした。ごくたまに母が昔着てたものに、袖をとおしてたぐらいです」

「日本の女子《おなご》もおしまいやなあ……」

甲斐庄は今度は本気で深いため息をついた。

「あんたなあ、女やったらこういう綺麗《きれい》なおべべ着られて嬉《うれ》しいと思わんか。見てみい、この絹の艶のええこと。ええ絹はな、まとうとさらさらと鳴くんやで。

何かの拍子にな、指がこうして胸のところに触れる。するとなあ、やわらかい絹にあたるんや。そうすると指が痺《しび》れるみたいに嬉しくなるわ。花をいっぱい描いた絹にくるまれて紐《ひも》で縛られる。女としてこんな幸せなことはないやろ」

甲斐庄の筋の浮いた手が、絹の上を上下する。まるで言葉どおり布から何かを吸い取ろうとするかのようであった。老人の目が次第に熱を帯びていくのを由美子は信じられないもののように見る。なんなんだろう、この老人はいったい何を欲し、何を訴えようとしているのだろうか。

「あんた、女やろ」

彼は突然、野太い声を出した。それはまさしく男が他人を励まそうとしている声で、その唐突さに由美子は息を呑《の》んだ。

「あんた、女ならもっとしっかりせなあかんで。あのな、男と女やったら女の方が百倍も千倍も得なんや。神さまがそういうふうにおつくりになったんやから」

「そうでしょうか、今まで日本の女はずうっと虐《しいた》げられてきたんじゃないでしょうか。良妻賢母というものを強いられて、自分の幸福なんていうものはほとんどなかったはずです」

「阿呆《あほ》らし」

甲斐庄は吐き捨てるように言った。

「今日びの女学校は、そんなことを教えるのか。あのな、この世の中の綺麗なもんやええもんは、みんな女がひとり占めしてしまうもんや。男がおしゃれしてもたかが知れとるわ。男は振袖や簪《かんざし》を身につけることは出来しんからな。あのな、ずうっと昔の話や。わしがな、絵を描いてた時にな、絵の仲間に言われたんや。お前の絵はきたならしい。お前の描く女の絵は不潔やちゅうてな。そりゃあ驚いて腹が立ったで。わしぐらい女に憧《あこが》れて、女は得やな、羨《うらやま》しいなあて思ってる男が、どうしてきたならしい女の絵を描くんやとずうっと考えた。悩んで悩んで、とうとう描けんようになってしもうた。もう画描きもやめてぶらぶらしてる時に堀口さんと知り合ったんや。今の仕事は楽しいで。あんたみたいな若くて馬鹿《ばか》な女が出てくるまでは、ほんまに楽しかったで。わしはな、自分がこんなもんを着たいて思った絵を描いてな、それをつくってな、女優さんに着せるんや。言うたらなんやけど、田中絹代はんも、山田五十鈴はんも、京マチ子はんかてわしの着せ替え人形や。そいでわしは気がついた。わしはほんまは女が嫌いやったんやないやろうか。綺麗なべべ着られる女に、わしは嫉妬《へんねし》してたんやないやろか。だから孕《はら》んだ裸の女や、女郎の絵を描いてたんとちがうやろうか。そう気づいたら、わしはまた筆を持てるようになったんや……」

そこで老人はものから醒《さ》めたような目つきになる。こんな小娘相手に、どうしてひと息にこれほど喋べってしまったのだろうかという風に目をしばたたかせる。

「あんたがあんまり阿呆なこと言うからやで。わしはあんたみたいな娘に会ったのは初めてや」

「私も、甲斐庄さんみたいな人と出会ったの、初めてです」

「まあ、ええわ。お互いそんなに嫌いにならんとこ、仕事終わるまでな。さあ、これ、もう一回肩にかけてみい」

心よりも体がすうっと素直に動いていた。身をかがめて由美子はその絹を肩に受け止める。さっきよりもはるかに軽く、ふわりと肩に落ちた。

「ええわ、ほんまによう映るわ」

甲斐庄は祈るように掌を合わせ、それを斜めに倒して胸の上にあてた。

「ええわあ、ほんまに、ええわあ」

由美子のお夏は、ベテラン女優が居並ぶ中、その初々《ういうい》しい演技が評判となった。堀口監督の思いきった起用は成功をおさめたと評にも書かれたものだ。しかしどういうわけか堀口はその後、二度と由美子を使うことはなかった。

由美子は東京へ戻り、その後何本かの現代劇に出演する。一時は大女優へのコース間違いなしと言われていた由美子であったが、この世界はそれほど甘くなかった。やがて喜劇シリーズの、主人公の妻役が続いた後、母親役がまわってくるようになった。自分がどうやらスターという道からはずれ、使いやすい傍役《わきやく》になりつつあると自覚することは、最初は確かにつらかったが、慣れてしまえばどうということはない。その頃、由美子は映画プロデューサーと結婚したが、それでも披露宴にはまだかなりのマスコミが集まったものだ。が、三年後離婚した時の扱いはとても小さかった。

二十四年後の六月、由美子は明治座に出演していた。人気演歌歌手が座長をつとめる、いわゆる「歌芝居」というやつである。楽屋で何気なく新聞を拡《ひろ》げた由美子は、「異色の画家・甲斐庄楠音《ただおと》氏死亡」という小さな記事を見つける。八十三歳の彼は、ガードマンをしている若い恋人のアパートで、急に具合が悪くなりそこで急死したのである。

「ふうーん」と由美子は新聞を畳んだ。全く何の感慨もない。ただかなりの老人だと思っていた甲斐庄が、あの頃まだ若かったということにちょっと驚いただけだ。

「あのおじさん……」

由美子は浴衣《ゆかた》をもろ肌脱ぎにして水白粉を塗り始める。中年の肌は細かい皺《しわ》が寄っているから、たたきつけるようにしなければならない。鏡に向かってつぶやいていた。

「女は得だ、得だって言ってたけど、そんなことありはしない」

開演十五分前と、スピーカーから乾いた声が聞こえてきた。

# お帰り

東京駅到着前に流される、あの奇妙に明るいメロディが文香はあまり好きではない。無理やりこちらの心を浮き立たせようとするところがある。

特にこんな風に夜遅い新幹線ならなおさらだ。十一時二十四分到着の〝ひかり〟の指定席は、ほとんどが出張帰りのサラリーマンだ。疲れと気のゆるみから、みなネクタイをゆるめ、だらしなく足を前に投げ出している。

そんな彼らが、東京駅到着を知らせるメロディを聞いたとたん、体を起こし、慌《あわただ》し気に上着を羽織るその様子はよく訓練された家畜という感じだ。いつかテレビで見たことがある。毎日決まった音楽を流すと、きちんと動き出す大量の牛たちの姿が映っていた。

そういう文香も座席の下に脱ぎっぱなしにしていたパンプスを、爪先で探し始めている。そう迷うことなく、ストッキングの親指が、固い靴の感触をとらえた。働いている三十女の常として、文香は靴の出費を惜しまなかった。イタリア製のその黒いパンプスは、東京のデパートで買うと四万七千円という値段である。少々乱暴に扱ったのではないかと文香は反省する。

ふとかすかな視線を感じて、文香は左の頰を上げる。通路側に座っていた男が、上着のボタンをとめるふりをして、文香の靴を履くさまを眺めていた。靴を脱ぎ、ストッキングだけになった足は、やはり男の目をひきつけたらしい。

三十代半ばの大柄な男であった。そう悪くはない生地のスーツとアタッシェケースとが、きちんとした彼の素性を表している。ちょっとした目の動きは、もちろん咎めるといったものではない。

列車がホームに着き、男たちとごく少数の女たちは、出口に向かって歩き出した。ホームを歩きながら、ふと目をやると、サングラスをかけた男が二人の男に守られるようにして階段を降りていくところであった。有名なコメディアンである。どうやら隣りのグリーン車に乗っていたらしい。文香は好奇心をそそられて彼の動きを追う。彼は普通に歩いているだけなのであるが、両脇の男にも話しかけず、まっすぐに前を向いているところに、尊大さと過剰な自意識がにじみ出ているようであった。

「おい」

いきなり肩を叩かれた時、文香はおどろきのあまり、ひいと小さな悲鳴を上げてしまった。

後ろに夫の昭夫が立っていた。

「お帰り。なんだよ、そんなに驚いちゃって！」

「だって、迎えに来てくれるなんて思わなかったから」

「明日から三連休だろ。東京駅からタクシーがつかまるはずないと思って、わざわざ来てやったんだぜ」

昭夫は今年四十歳になるが、年と共に車への執着が増していくようである。つい最近もボルボの新車を買ったばかりだ。ほかのことにおいてはすべて横着を決め込む夫であるが、車の運転だけは気軽に腰を上げる。だから出張で遅くなる時は、時々、迎えを頼むのであるが、今日はあえて電話もしなかった。もしかすると、帰りの新幹線を変更する心づもりがあったからである。

「それにしても、よく私が帰る時間がわかったわね」

「お母さんにスケジュール見せてもらったのさ」

五年前に父が死んで、文香は母を引き取った。それ以来母は、家事を手伝い、ひとり娘のめんどうを見てくれている。出張に出かける時は、母親に行き帰りの列車の時刻や連絡先を書いた簡単なメモを渡すようにしているのであるが、夫はそれを見たらしい。

ふと起こったかすかな嫌悪と恐怖をうち消そうと、文香ははしゃいだ声を上げる。

「でもよかったわ。お母さんに言ったとおりの列車に乗って。もしかしたら、もうちょっと早いのにしようかなあって考えたりもしたの」

「あのさあ……」

昭夫はそこでふっと笑いをもらした。

「もし君が男と一緒に降りてきたら、どうしようかと思って、しばらく柱の陰から見てたんだぜ」

快活な調子から冗談ということはわかる。けれどもそこにほんの一筋、夫の硬く切実なものを文香は感じとった。

「馬鹿ね」

後ろめたいことなど何ひとつないということを示すために、妻はこんな時笑ったりしてはいけないのだ。呆れ果てたという風にげんなりとした声を出さなくてはならない。

「どうして私が、出張先で恋人と会わなきゃいけないのよ。やるんだったら、東京都内でもっとうまくやりますよ」

これは真実であったから、文香はしんから〝やりきれない〟という態度をつくることに成功した。

深沢とはもう二年ごしの仲になる。人材派遣会社のディレクターをしている文香は、その年の春、ある大企業の新入社員研修のマニュアルをつくることに没頭していた。文香の会社は、受付やプログラマーといった短期の女性社員を貸し出すことを主な業務としているが、最近は〝教育〟といって社員の研修にも力を入れている。何人かのインストラクターを送り込んで、社会人になるための常識や躾《しつけ》を教え込むプロジェクトだ。

昔だったら親が教え込むような常識を、近頃は企業が手取り足取り教えなくてはならない。内部でそうした手段を持っていない会社は、文香のところへ依頼してくるわけだ。

深沢は四十五歳の男盛りであった。人事というセクションは、重役候補たちに社内の事情をじっくりと把握させる役割も担っているが、深沢はそのことを充分に心得ているようであった。スーツやカフスにもちゃんと金をかけていたし、部下への気遣いにも自分の将来を見据えての賢さがあった。

そんな彼が、いわば出入り業者の、しかも人妻と体の関係を持ってしまったのである。これに関して、彼はたくさんの美しい言葉を使い、物語を用意してくれたものだ。

今までの自分の人生は本当につまらぬものであった。エリートと呼ばれるために、どれほどの犠牲をはらったことであろうか。女の愛情というものも知らなかったから、学生時代から続いている女と、ごく平凡な結婚をした。けれどもそんな僕の目を醒まさせてくれたのが君なんだ。こんなことはいけない、もうやめなくてはいけないと思っても、僕は君にひきずられている。なぜなら、君は僕が初めて本気になった女だからだ。

文香はもちろん、こうした男の言葉をすべて本気にしていたわけではない。深沢が自分を選んだのは、自分が夫と子どもを持っているからだろうこともわかる。

「秘密を守るためには、同じ立場の相手を選ばなくてはいけない」

と彼がちらりと漏らしたことがある。ベッドの上の態度で、男が決してうぶではないことも文香はよく知っていた。おそらく若い女との火遊びで、一度か二度痛いめに遭ったことがあるのであろう。秘密が守れ、危険が共有出来る、ということにおいて文香は最適だったに違いない。

そうかといって、二人の間に漂っているものが、全くの肉欲や偽《うそ》というものでもなかった。深沢は魅力にとんだ男であり風采も悪くない。いい年をした男女が一年もつき合っていれば、時々は愛情と錯覚したくなるような情が生まれることもある。

二人が月に一度密会する場所は、あるシティホテルと決めていた。ここはレストランやショッピングアーケードはもちろん、会議場も幾つか有している巨大なホテルだった。会議や打ち合わせもしょっちゅう行なわれるから、深沢と文香が歩いていたとしても何の不思議はない。それでも二人は用心に用心を重ね、食事はたいていルームサービスで簡単なものをとった。

　出来るだけ夜遅くならないようにチェックアウトし、そしてホテルの領収証はすぐさま破って捨てる。次の約束は会った時に決め、変更がある場合のみ、仕事を装って連絡をする……。

　こんなつき合いであったから、ことが露見するはずはなかった。証拠など何ひとつないはずだと文香は自分の胸に言いきかせる。

　文香と昭夫はまだ人が退《ひ》けていない東京駅の構内をつっ切り、皇居側の改札に出た。この下に大きな駐車場があるのだ。

　昭夫はドアを妻のために開けてくれる。大学を二年続けて落第した際、彼は留学という名目でアメリカへ行ったことがある。ほんの時たまであるが、彼は当時憶えたフェミニズムの残滓《ざんし》を見せることがあるのだ。

新車独特の獣のようなにおいのする席に身をすべらせながら、文香は自分の完全犯罪をふっと確かめたいような気分になった。女はこういう時、諧謔《かいぎやく》というやり口を使う。

「ねえ、さっき、私がもし男と一緒だったら、逃げるつもりだったの」

「ああ」

「ねえ、どうしてそういう時に妻の愛人を殴らないの。こそこそ逃げるなんて、男らしくないじゃないの」

「そりゃ、逃げるさ。そういう時、夫は逃げるもんさ。どんな男かわからないからな。もしかしてプロレスラーみたいなのが現れることも考えなきゃな。そんなのに殴られたらひとたまりもないもんな」

「馬鹿ね、私はプロレスラーみたいに筋肉隆々の男、好みじゃないわ。そんなことわかってくれてると思った」

文香は薄闇の中の深沢の体を思い出した。

年齢のためにやや下腹は出ているが、どちらかと言えば筋肉質といってもよい。

学生時代はその頃まだ珍しかったアメリカンフットボールに夢中になり、今はゴルフである。何かの折にうっかり口を滑らしたことがあるが、時々は家族でスキーにも行くらしい。

スポーツがそう好きでもなく、年ごとにぽっちゃりとした肉がついてくる昭夫とはえらい違いだ。

「私はマッチョな男って、あんまり好きじゃないわ。やっぱり程よく筋肉がのっていて、それですらりと背の高い男がいいの」

自分の秘密を知っているはずがないと思う文香は、さらに大胆な言葉を舌にのせる。深沢は程よく筋肉がのっていて、背が高い男だ。最初に名刺交換をした時、なんて素敵な男だろうかと思った記憶がある。若い派遣社員の女の子たちも、騒いでいた。その男から食事に誘われ、その夜のうちにキスされた時、文香はすっかり有頂天になったものだ。若くて独身の時ならば、さんざん友人に自慢するところであるが、三十五歳で人妻だったら、それは胸に匿《しま》っておくしかない。結婚以来、何人かの男にぼんやりとした憧れを抱いたことがある。けれどもこんな風に積極的な態度に出た男は初めてであった。

まるで女子中学生のように、キスをした事実をいじいじと悩み、そのたびに相手の気持ちを推理し、自分で解答を出しているうちに、恋の毒はすっかり全身を侵していたらしい。四度めの食事でホテルに誘われた時、文香は抵抗することなど思いもつかなかった。言葉ではありきたりのことを口にしたかもしれないが、ぐったりとすぐさま男に抱かれた……。

地下のためにずっと大きく響くエンジン音で文香は我に返った。別の男とのいきさつを、こうして夫の傍で思い出す自分をいけない妻だと思う。しかも夫は自分をわざわざ迎えに来てくれたのではないか。

自分の犯した罪ではなく、その罪をぼんやりと反芻《はんすう》していた償いのために、文香はやさしい声を出した。

「ねえ、せっかくだからコーヒーでも飲んでいかない」

「いいよ、めんどうくさい」

昭夫はせわしげに、駐車場券をミラーの後ろからとり出す。

「コーヒーなんか、うちでだって飲めるじゃないか」
本当にそうねと文香はため息をついた。

それから何日かたっても、文香の頭からあの時の夫の言葉と表情は消え去ることはなかった。今まで文香がさまざまな自問自答を繰り返してきたのは、愛人に対してであった。本当に自分のことを愛してくれているのか。いや、愛してくれていないまでも、本気で思ってくれているのだろうか。もしかすると自分はもてあそばれているのではないだろうか……。

夫の心のうちを推し量ったことなど一度もなかったといっていい。これは文香が夫をみくびっているからというよりも、夫の性格によるものだろう。今どき三男というのは珍しいが、夫は末っ子の三番めの息子として生まれた。小学校から一貫教育の私立の大学を卒業している。深沢の出た学校ほどではないが、世間ではまあ〝いい大学〟として通るであろう。大手の不動産会社に就職したものの、四年ほどで退職し、昭夫は家業の布団屋を継いだ。まともに会社員を続けている兄二人は、そのことをとうに放棄していたからだ。

　昭夫の親の方も、街の布団屋の将来にとっくに見切りをつけていたから、末息子が継ぐといった時はかなり驚いたらしい。が、これをきっかけに他にも家作を持つ資産家の両親は、地の利を生かして五階建てのマンションを建てた。その一階で昭夫は、寝具の商いをすることになったのだ。布団は量販店や通信販売に喰われてあまり振るわないが、昭夫は女物の可愛らしい寝間着や、外国製のシーツを置くようになった。これがそこそこ売れている。

　文香が昭夫と知り合ったのは、不動産会社に勤めていた時だ。結婚が決まったとたん、布団屋になることを聞かされ、文香はちょっと不安になったものだが、今ではそれがよかったと思っている。上のマンションに自分たちはおろか、別の一室に母親を住まわせることも出来た。昭夫の両親はというと、熱海にリゾートマンションを買い、ほとんどをそこで暮らしている。

　女友だちに言わせると、

「本当についている」

のだそうだ。

　こんな生活ができるのも、昭夫のおっとりとした穏やかな気質のせいだ。競争心がないために会社勤めはむずかしかったが、その分文香の母に優しい。そうかといって、おひとよしというのでもなく、業者と激しくやり合うこともある。が、そういう時も正面から怒鳴り、決して皮肉やあてこすりを言う男ではないということを、文香はよく知っている。ということは、

「もし男と一緒だったら逃げるつもりだった」

　という言葉は、どういう意図で発せられたのだろうか。こうした言葉は、突然に生まれるものではない。何か伏線があってしかるべきなのだ。

　そういえば思いあたることがある。十日ほど前、商店街の中でも、年頃の近い連中が集まって飲み会を開いた。どこも似たりよったりの規模で、店はたいてい女房が手伝っている。女たちは外で仕事を持つ文香のことをしきりに羨しがった。

「やっぱり朝出ていく時も、パリッとしてかっこいいわよ。スーツなんか着ちゃってさ」

「私だって、結婚する前までは大きいとこで、花のOLやっていたのにねえ。気がついたら食器屋のおかみさんだもの」

そして話はいつしか、流行のテレビドラマから不倫ということに移っていった。

「文香さんは外で働いているんだもの、そういうチャンスは幾らでもあるでしょう」

とんでもないと即答するのは、少々おとなげない気がしたので、文香はこんな風に言ったものだ。

「そうね、チャンスがあればいいんだけれどもねえ。チャンスさえあったら私も頑張るわ」

あの時、まわりの男たちと一緒に昭夫も笑っていたが、そのことはしこりとなって夫の胸に残っていたのだ。だからあんな言葉を妻に浴びせたに違いない。あの時昭夫は黙っていたが、近所の人たちの前で不倫願望をほのめかした妻のことを、苦々しく思っていたのだ。だからやんわりと忠告めいた冗談を言ったのだ。

そうだ、そうに決まっている。

ここで文香は胸を撫でおろそうとしたのであるが、記憶の断面がそんな単純な決着を許そうとはしなかった。

「もし君が男と一緒だったら」

と言った時、昭夫は不思議な表情をしていた。照れているようにもとれるし、何かを諦めているようにも見えた。

ジョークを口にする時の明るさはまるでなかった。

「もしかすると――」

胸の奥がざわざわと波うった。

「もしかすると夫は、あのことを知っているのかもしれない」

けれど昭夫が、どうやって妻の秘密を知り得るというのだろうか。深沢との情事の手はずは完璧といってもよい。約束の時間に文香はロビーから電話をする。そして先に到着した深沢から、部屋の番号を聞く。もしエレベーターで上がっているところを見られたとしても、何も怖れることはなかった。このホテルは上の階にレストランやバーはおろか、スポーツジムさえあるのだ。いくらでも言い逃れは出来るはずであった。

「あなたの方から、漏れるっていうことはないでしょうね」

二日後文香は、久しぶりに会った深沢を問いつめた。シャワーを浴びた彼は、ホテルの白いバスローブを着て、ビールを飲んでいる。ぐったりと足を拡げているので脛《すね》が丸見えになっていた。男のこの部分は皮膚が意外なほど白く、足の毛深さが目立つところだ。おまけにシャワーの湯気で、深沢の脛毛は一本一本濡れて大層濃く見える。

この男って、こんなに毛深かっただろうかと文香は目を凝らす。

「ねえ、あなたはここに来る時、誰にも気づかれなかったでしょうね。ちゃんと気をつけてくれてたでしょうね」

「あたり前じゃないか」

彼は文香が予想していた通りの答えを、めんどうくさそうに口にした。

「チェックインする時も、僕はここのホテルの会員だからね、クラブ専用のラウンジで出来る。人目に立つフロントで、阿呆面して用紙に書き込んだりしないさ」

「でも、ここのホテルの人が何か言うことだってあるわ。あなたが夕方チェックインしてること、ホテルの人は知っているんでしょう」

「馬鹿なことを言うなよ。僕たちは芸能人でもなけりゃ有名人でもない。たかがサラリーマンの秘密を、誰が言いふらしたりするんだよ」

この言葉はどれほど文香を安心させたことだろう。ビールを飲み干すと、深沢はこっちへおいでと文香を誘った。同じようにバスローブを着た文香は、膝に乗せられ後ろから胸をいじられる。

「ねえ、このこと、誰にも言ったりしてないわよねえ」

「いったい誰に言うっていうんだよ」

これは何回となく繰り返された、問いかけでなく、前戯であった。文香はこう答える時の、深沢の怒ったような口調が大好きであった。これを言った後、彼は少し乱暴になる。これももちろん大好きであった。

その日別れる前に、深沢はこんな提案をした。京都の紅葉を見に行かないかと言うのだ。彼は横浜の出身だが、父方の出は神戸の方で今もたくさんの親戚がいる。来月伯父の法事があるのだが、深沢の妻は行かないと言いだしたという。

「神戸と京都は本当にすぐだからね。二人で待ち合わせてゆっくり楽しめるよ。うまいもんを食べて嵐山でも行こうじゃないか」

常日頃文香は、京都の持っている通俗っぽさがあまり好きではなかった。何かというとすぐ京都へ行きたがる中年の恋人たちも、ひどく安っぽい気がした。しかし自分が行くとなると話は別だ。好きな男と過ごす京都をあれこれ空想し、その蠱惑《こわく》に文香はしばらく無口になったほどだ。が、この頃彼女にとり憑《つ》いている分別が、こんな質問をさせる。

「でも、もし誰かに見られたらどうするの」

「おい、おい。また芸能人みたいなことを言うなよ」

いささか興をそがれた深沢は不機嫌な声になった。

「知人に会う確率なんて、それこそゼロに近いよ。それに誰も僕たちに注意をはらうはずがない」

この後深沢は、不倫をする男としてこれ以上不可能なほど、愛と誠意に充《み》ちた言葉を口にしたものだ。

「僕は、いつも君に対してちゃんとしたことをしてあげることが出来ない。ちゃんとしたところで食事をしたこともないし、お酒も外で飲んだことがない。いつもこそこそとルームサービスだ。僕はね、一度でいいから君に、素敵なところで食事をさせたい、二人で散歩したいってずっと思っていたんだ。だからこの京都、どうしても行きたいんだ。わかってくれるだろう」

「まあ、ありがとう!」

根が純な文香は、思わず涙ぐんだ。

そして一時間をかけて、隠密旅行の計画が二人の間で綿密に練られた。行きは別々の車両で、深沢は喫煙の指定席、文香は禁煙の指定席であった。席さえ違っていれば、同じ列車でも構わないと言ったのは深沢であった。彼は〝忍ぶ恋〟というものにかなり飽きていて、それはとても優しい態度になって表れる。

「僕は君と一緒に京都に行きたいんだ。こんなんじゃなくて、二人でちゃんと朝から晩まで会いたいんだ」

この言葉を聞いて感動しない女がいるだろうか。文香はどんな危険を冒しても、京都行きを実現させるのだと心に誓った。

一泊二日の出張はそう珍しいことではない。だから仕事と言いくるめることは簡単であったのだが、心のはずみがどうしても出てしまう。ひとり娘をいつも預ってもらう母に京都出張を告げたところ、

「やっぱり嬉しそうね。あちらはおいしいものがあるから、出張に行く時の気持ちも違うでしょう」

と言われ、文香がうろたえる一幕もあった。下着や化粧品といったこまごました買物もし、ボーナス払いでスーツも新調した。

卵色のふくれ織りのスーツは、ボタンの型がとても凝っている。色の白い文香によく似合い、京都のホテルで待ち合わせた深沢に誉められたものだ。

「いいね、その色。君の喉の白さがいちだんと目立つね」

東京を離れた深沢の視線は一層露骨にねっとりとしてきたが、これは文香の望

むところであった。

部屋は別々にしておいたが、チェックインするやいなや深沢の部屋に向かった。二人でふざけ合いながら風呂にも入った。その後髪を乾かし、先斗町《ぽんとちょう》のカウンター割烹の店へ出掛けた。松茸が嫌味なほど次から次へと出てきて、最後は松茸ご飯であった。

「何だか一生分の松茸を食べたような気分だわ。もう二度とこんなことはないと思うけれど」

「そんなことはないさ。来年また二人で来ようよ」

カウンターの下で、深沢が手を握ってくれた時、文香はどれほど嬉しかったことだろう。食事をした後、二人はすぐさまベッドに直行した。やはり深沢はいつもと様子が違う。ずっとのびのびとしていて放恣《ほうし》になっている。男に後ろから抱きすくめられた時、文香はいつもの問いをしてみた。

「ねえ、このこと誰にも言わなかったでしょうね」

いつもの答えを期待していた。それなのに彼はすぐに口を開かない。やや沈黙があってからこう言ったのだ。

「一人だけ知っている男がいる。いや二人だろうな」

「何ですって」

「もちろん君の名前を明かしたりはしていない。男は恋人のことを自慢したくなるものだからさ」

「それ、それってどれくらい伝わってるの」

「たいしたことじゃない。僕の恋人は三十五歳で九歳になるひとり娘がいる。で、ご主人は布団屋をしているっていうことぐらいだろうか」

「それで充分じゃないの」

憤りのために瞼が熱くなった。

「それだけで、あなたの浮気相手は私だってわかる人、いっぱいいると思う。そこから話がバレているのよ。この頃、夫の態度がおかしいの。人の輪って、思わぬところで繋がっているのよ。あなたがぺらぺら喋っているその人が、夫の知り合いじゃない保証はないでしょう」

「なあ、落ちついてくれよ。考え過ぎだってば。僕には学生時代からの親友が二人いる。彼らの前でちょっと見栄を張っただけの話だ。彼らはちゃんと約束を守ってくれる人間たちだ。むしろ僕のことを祝福してくれたぐらいなんだよ」

「ねえ、あなたのつき合っているのは、ちゃんとしたところの奥さんなのよ。なのにどうして、酒の席で私のことを簡単に喋るのかしら。私はもうあなたのことを信用出来ないわ。本当よ」

深沢は言葉を尽くして文香をなだめ、そして同時に臆病さをなじった。

「ねえ、君は本当に考え過ぎだよ、この東京、布団屋なんていくらでもあるだろう。そのことをヒントに、君をつきとめる人がいるなんてことあり得ないよ」

そして自分は決して臆病でないことを示すために、深沢はかなり大胆な行動に出た。同じ新幹線で一緒に座ろうと言い出したのだ。どうやらそれしか文香の機嫌を直すことは出来ないと判断したのであろう。それは大層危険なことであったが、昨夜の口喧嘩のくすぶりがまだ残っている。こういう時、女というのはわずかな肌の接触がどうしても欲しい。離れて座るのは嫌だった。

それにと、文香は大胆になる。——到着するのは午後の四時だ。店が忙しい時だから、夫が来ることはまずあるまい——。

帰り道、深沢は膝かけの下で、文香の手を握ったりする。それで東京に着く頃には文香の機嫌はすっかりよくなった。

やがてあの単調なメロディが聞こえ始めた。男たちはいっせいに立ち上がり、上着をとり身仕度を始めた。

ふっと文香は、夫がホームに迎えに来ていることを想像した。そんなことはあり得ないが、もし来ていたらどうなっただろうか。背の高いきりりとした男が妻と一緒に降りたったら、やはり夫は逃げるのだろうか。

「何を笑ってるの」

深沢は顔を近づけてきた。

「何でもないの。ただね、もし夫が迎えに来ていたら、大変なことになると考えたら、何だかおかしかったの」

「嫌な人だな。そうやって負のシミュレーションをいっぱいやっていると、やがてその負のエネルギーに吸い込まれてしまうよ」

いちばん最後に二人はホームに降りた。文香はあの柱、あの階段の前と目で追った。けれども夫はいない。いるはずがない。自分は何を怖がっていたのだろうかと、文香はにっこりと微笑んだ。

ホームの中央、くず入れの前に文香と同じように微笑をうかべる女が立っていた。紺色のジャケットに同色のパンツが若々しい。深沢の足が止まった。彼はそして一歩も進もうとはしなくなった。女はぴたりと夫に目を据えたまま、もう一度にんまりと笑った。

「あなた、お帰りなさい」

KIZAEMON

閉店間際に入ってきた客が、六千ユーロ近い買物をし、その免税手続きにすっかり手まどってしまった。おかげで店を出るのが閉店の八時を過ぎて、寒さに由利はぶるっと身を縮めた。

今年は特に冬が早い。いつもは夜遅くまでシャンゼリゼ通りをそぞろ歩く観光客も、早々と店に入ってしまったようだ。窓ごしにワイングラスを手にする日本人を眺めることが出来る。

いや、あれは日本人ではないかもしれない。身なりのよいアジア人旅行者を、日本人と見るのはもう大きな間違いだ。由利がパリにやってきた十年前は、東洋人といえば日本人に決まっていた。それが今では韓国人もいるし中国人もいる。ブランド品に身をつつんだ東洋人に「いらっしゃいませ」と言いかけてハッとしたことが何度もある。

由利は通りをつっきり、凱旋門《がいせんもん》前のカルティエの店を右に曲がると、レストラン「ラ・ピボワンヌ」の黄色いあかりが見えてくる。

「ラ・ピボワンヌ」は、日本人シェフが初めてパリに出店したことで話題になっ

た店だ。この時シェフは、取材にきた日本のテレビ番組で、

「三年以内に必ず星をとってみせる」

と公言し、その日は近いと誰もが思っていた。けれども十年たった今でも星が取れず、

「ミシュランの審査員が来た時に、よっぽど何かあったのだろう」

とパリの日本人たちは噂しているほどだ。しかし星が取れなくても「ラ・ピボワンヌ」は、フランス人の顧客も多い人気店だ。本当は由利がひとり食事をとるような店ではないのだが、ここのマダムからしょっちゅう電話がかかってくる。

「遠慮せんと。一週間にいっぺんぐらいは顔見せなさい。うちのシェフも、ユリちゃんの顔見ないと淋《さび》しいって言ってるよ」

マダムの暎子とは、何かと融通をきかす仲だ。店にやってきた観光客から、

「どこかいいお店知りませんか」

と聞かれることが多いが、そういう時は「ラ・ピボワンヌ」の名を教えてやる。

「とてもおいしいお店ですし、日本人シェフですから、日本語通じますよ」

と言うと、たいていはほっとしたような顔をする。旅行中、ちゃんとしたフランス料理を食べたいが、言葉が通じないのではないかと案じている旅行者に、予約を入れてやることもある。

その代わり、マダムの無理もずいぶんきいてやってきた。

「ねえ、ユリちゃん、うちのお客さんが、おたくの限定バッグ、どうしても欲しいと言ってはるの。新製品でひっぱりだこなのはわかるけど、なんとか一個都合つけてくれない」

などという電話もよくかかってくる。

が、そんなことは別として、マダムは由利のことを親身に可愛がってくれる。日本に残してきた娘と同じ年頃だというのだ。

「えー、マダム、私はもう三十過ぎてますよ。マダムにそんな年の娘がいるはずないじゃないの」

最初に聞いた時はどうしても信じられなかった。

「それがいるのよ」

マダムはちょっと照れたように笑った。

元タカラジェンヌというマダムは、未《いま》だにたっぷりとその趣を残している。真白くきめ細かい肌には、シミも弛《たる》みもほとんどない。四十代前半、いや三十代ともとおりそうな若さだ。

「前の旦那《だんな》との娘や。これでも私、ええとこの奥さんで、ふつうに暮らしてたのよ。それがシェフと知り合ったばかりに、すべてパー。こうしてパリに流れてきてハランバンジョウの人生や」

娘の大学進学のために、上京して世《せ》田谷《たがや》にマンションを買った。歩いて行けるところに、とてもおいしいフレンチがあると教えてくれたのは娘だった。行ってみると確かにおいしいが、ナプキンやクロスの趣味は最悪だった。もともと関西の料亭の娘として育ったマダムは、どうしても我慢出来ない。いろいろ口出ししているうちに、シェフと親しくなり、ぬきさしならぬ恋におちた。そして双方家族を捨てることになったというストーリーは、パリの日本人だったら誰でも知っていることだ。けれどもみんな、そう驚いたりはしない。日本を離れ、パリで暮らす人間なら、多かれ少なかれドラマを持っているのがふつうだからだ。

由利にしても、日本で結婚していたことがある。短大を出てすぐの頃、二十二歳という恥ずかしいほど若い時だ。もうちょっとつき合ってから、という親の反対を押し切ってまで結婚したのは、やはり若さの持つ一途《いちず》さゆえであった。文句なしに優しい男だと思っていたのに、酒を飲むと別人のようになった。妊娠四ヶ月の時、殴られて腹を蹴《け》られたら、あっけなく流産してしまった。相手は泣いて謝ったけれども、もう終わりだと思った。

そう多くはなかったけれども慰謝料を貰《もら》い、娘を不憫《ふびん》がった親からかなりの額を借り、パリの語学学校にやってきた。パリに来ることなど考えもしなかったのに、離婚した身になってみると、それは子どもの頃からの夢だったような気もした。

フランス語をちゃんと習い、こちらのエアラインにでも勤めようと思ったのだが、気がつくと高級ブティックの店員というお定まりの道をたどっている。勤め始めたのは八年前だから、バブルの頃は知らない。先輩の邦子《くにこ》の話によると、どのブランドの店も、日本人、日本人で埋まり、みんな札束を投げつけるようにして品物を買い漁《あさ》っていったという。当時、二人が勤める店は売り上げ制だったので、邦子は常にトップになった。そうすると当然のことながらフランス人の店員から苦情がくる。日本人の品のない客が増え、こちらはとても迷惑をしているのに、日本人相手のクニコばかりとてもいい思いをしている、あまりにも不公平だというのだ。

「そういう風に抗議するところもフランス人だけど、そうですよね、って言ってみんな平等にしてもらう私も、本当に日本人よね」

と言って笑う邦子は、自分より八つ若い日本人留学生と同棲《どうせい》している。その前も若い男だった。どうやら邦子は、異国でひとり生きていくことには耐えられない性格のようだ。

それならば自分はどうなのだろうかと、由利は問うてみる。パリに来てからずっと清らかな生活をおくってきたわけではない。一度はフランス人の男とつき合ったこともある。けれどもこの国の男の持っている、東洋の女に対する冷たさにすぐに気づいた。インテリの男ほど、違う国の女に興味を持つが、それは仔犬《こいぬ》や小鳥を可愛がるのとそう変わりない。決して本気で愛したり求めたりはしないのだとわかった。

そしてその後は、よくパリに滞在した日本人のビジネスマンと長く続いた。しかしどの恋も、今の恋のための前哨戦《ぜんしょうせん》という感じがする。祐一《ゆういち》と出会うために、自分はつらい恋をし、このパリにやってきたのだと思う。しかしそう考えながら、心の全く同じ場所で、どうせこの関係もいつかは終わりがくるのだと諦《あきら》めのため息が出るのは不思議だった。そしてこのため息をとことんつきつめていけば、自分もものわかりのいい女になれると思うのだが、そんなものわかりのいい女になるものかと別の声もする。とにかくこの半年というもの、祐一にさんざんふりまわされた。ある日は別れのために二人冷静に話し合ったかと思うと、次の日は別れたくないと泣いて抱き合ったりする。祐一の悩みは女のことばかりではない。仕事も大きくからんでいるから、諍《いさか》いはさらに複雑になっているのだ。

「ラ・ピボワンヌ」の扉を開けると、ヨーロッパ特有の、そう明るくないやわらかな光と、煮込み料理の温かいにおいが流れてきた。テーブルは八割がた埋まっている。今夜の客は、フランス人と日本人が半分ずつというところだろうか。由利の姿を見て、右側のテーブルに座っていた客がやあと声をかけた。ユネスコに勤めている中年の男だ。今夜はパリで開業している美人の女医と一緒だった。

「ユリちゃん、お腹空《す》いたやろ、こっち、こっち」

マダムが調理場の入り口傍《わき》のテーブルを指さした。ここは由利の定席だ。マダムは由利のために、まかない料理の一皿をひょいと出してくれたりする。今はジビエの季節なのであるが、由利がウサギの血の煮込み料理など手をつけられないのを知っているので、今夜はあっさりと鴨の肉を焼いてくれた。

由利が栗とイチジクを使ったデザートを口にする頃には、一組のフランス人を除いて客はすっかり帰ってしまった。マダムは由利の傍に立ち、あれこれ話すのを無上の喜びとしているのであるが、今夜はやや深刻そうに言う。

「ユウちゃんのお店、どうもいけないみたいやねえ」

祐一の経営する日本食レストラン「KIZAEMON」が、もうじき閉店する

のではとパリの日本人の間では専らの評判だ。中にはまことしやかに、

「次は回転鮨《ずし》の店になるらしい」

などと言う者もいるようだ。「KIZAEMON」は、三年前にオープンしたが、そのありようはまさに「鳴り物入り」といってもよかった。

山形の三代続く醸造元が、パリに「全く新しい和食の店」をつくったというので、当時は現地の新聞にも大きく取り上げられた。パリの有名人や日本の女性誌も何組かやってきてグラビアに大きく取り上げたため、多くの人たちがやっかみで、

「金をいくら遣ったのか」

と言ったものだ。この「KIZAEMON」を考えつき、プロデュースしたのが、やがて四代目になる片倉祐一である。「KIZAEMON」は、いつか彼が継ぐことになっている当主の名前「喜佐衛門」にちなんだものだ。

パリに日本料理店を出すというのは、半分は祐一の父・三代目喜佐衛門の夢で、半分は息子の夢、ということになるらしい。そんな冒険はしなくてもいい、とい

う周囲の反対を押し切って、パッシーに店を出したのは三年前のことだ。

旧家と言われ、清酒「玉暦《たまごよみ》」が全国的に知られているといっても、日本酒の世界は先行きが心細い。ワインや焼酎《しょうちゅう》のブームが起こるたびに、パイの分け前は小さくなるばかりだ。それならばいっそと、祐一親子は勝負に出たわけだ。

フランス人のデザイナーを使った内装は、どこかの神社に迷い込んだような赤い色を基調としている。祐一は日本人のシェフと研究に研究を重ね、醤油《しょうゆ》や味噌《みそ》を使ったフレンチを考案した。フォアグラの鮨、八丁味噌とキャビアのミルフィーユなどは、こちらの雑誌にも載ったほどだ。一時は「KIZAEMON」で食事をすることが、スノッブなパリっ子の証《あかし》のようになったこともある。しかしそれも長くは続かなかった。三ツ星と同じほどの料金設定がそっぽを向かれたのだ。かなり値段を落とした時はもう遅かった。新しいもの好きな人々の心は、タイ料理へと向かっていったと詳しい人々は言う。

こうなると日本人の心も冷たいものだ。

「いまパリで、とても流行《はや》っている新しい日本料理があるのですよ。お土産話にいらしたらいかがですか」

という言葉に観光客はとびつくが、廃《すた》れた噂を聞くや見向きもしなくなった。

「やっぱりね。あの店、ヘンテコなものばかり出して、少しもおいしくなかったもの」

という言葉を、由利はどれほどつらく聞いただろうか。祐一と自分のアパルトマンとを行ったり来たりする仲になったのは、「KIZAEMON」のオープンとほぼ同じ頃だ。客として行った自分に、祐一が話しかけたのがきっかけだ。

「どうかおたくのお客に、うちの店を紹介してください。まだパリのことはよくわからないのでよろしくお願いします」

という言葉に、東北の訛《なま》りがあり、由利は思わず微笑んでしまった。

日本人の溜《た》まり場になっている居酒屋「松屋」のオーナー・カツさんが、

「お坊ちゃんだか何だか知らないけど、あんなに頭《ず》が高くっちゃね」

と悪口を言っていたのを思い出した。しかし目の前の男は、ニコニコと下がり気味の目をいっそう細くして、笑いかけてくる。これといって特徴のない顔であるが、嫌味もない、いかにも素直に育った顔である。自分よりもずっと若いと思っていたけれども、二つ年下であった。

その場で携帯の番号を教え合い、二日後にムフタール通りの近くで牡蠣《かき》を食べたのが始まりだ。由利が休みのこともあり、ランチに白ワインを一本空けた。勘定書を見て祐一は驚いた声を出した。

「ずいぶん安いんだな」

「パリじゃふつうよ。おたくがぼったくり過ぎるんじゃないの」

と言ったら祐一は声をたてて笑った。その笑い声も東北の訛りがあるようだった。温かくていい笑いだった。

愛を告白されたわけではない。二人の心が寄り添う決定的なことがあったわけではない。ある時気づいたら、半同棲のような形になっていたというのは、いかにも異国でのつき合い、という感じで由利は好きではない。前にもこうしたことがあった。

けれども関係を楯《たて》に結婚を迫る、などというのはもとより由利の好みではなかった。たまにこういう女が出てきて、パリの日本人社会では大層馬鹿にされる。エリートの企業留学生とつき合い、その揚句結婚してくれないと騒ぐ女たちを何人も見てきた。ここでの恋というのは、誠意や情熱をかなり差し引かなくてはいけない、というのはパリで暮らす女の常識である。そんなことは充分承知していながら、もしや、と思ってしまったのは、やはり三十四歳という年齢のせいだろう。

祐一はこう打ち明けたことがある。

「〝KIZAEMON〟をどうしても成功させて、親父に認めてもらいたいんだ」

祐一には弟がいて、東京の国立大学を出ている。今は銀行員をしているが、いずれは家業に参加してくれるだろうことは、家族だけではなく会社の皆も願っていることだ。それにひきかえ自分は、仙台の二流の私大を出て親の会社に入り、すぐに専務になった。自分では一生懸命やっているつもりであったが、可もなく、不可もない、というところがまわりの評価だろう。平和な時の造り酒屋の当主だったらそれでよかったかもしれない。しかし今はどこの日本酒メーカーも、かなりの危機感を持っている。

「親父はたぶん弟に会社を継がせたいんじゃないかな」

というのは、甘えてきたい時の祐一の決まり文句だ。大柄ながっしりとした体格の祐一が、ベッドの上で突然幼児のような口調になる時がある。

「ユリたん、好きでしゅ。本当に好き、好き」

と乳房にむしゃぶりついてくる時、由利は抱き締めている男がしんから可愛くなり、その硬い髪を親犬のように舌でなめてやる。

「はい、はい。大丈夫ですよ。ママがついてますからね」

ことが終わり、体を離した後、祐一の甘えは今度は長い愚痴になる。

フランスの客が威張ったり、横柄なのは仕方ない。我慢出来ないのは、フランス人の従業員たちだ。彼らは内心、日本人に使われていることなど口惜《くや》しくてたまらない。黄色い肌の人間など心底軽蔑《けいべつ》しているのだ。だからしょっちゅう狡《ずる》いことをするし、さまざまな要求をしてくる。隙あらば、顧客のリストをどこかへ売り飛ばそうと考えている彼らを使うことが、どれほど大変なことかわかるだろうか。彼らは気分がのらないと、こちらのフランス語がわからないふりをする。そりゃあかなりヘタなフランス語かもしれないが、全く理解出来ないということはあるまい。こちらは雇用主なのだ。

従業員の嫌な態度は、店が暇になっていることが原因している。オープンしてすぐ、客が奪い合うようにテーブルを予約していた頃はそんなことはなかった。有名な女優や政治家もやってきて、彼らも誇らしげに料理を運んでいたものだ。

けれども今はすべてがうまくまわっていない。先週の金曜日は、十のテーブルのうち、三つしか埋まっていなかった。彼らが辞めないのは、たまたま別の働き口がない、ということだけなのだろう。

「〝KIZAEMON〟を閉めることになれば」

祐一は言った。

「日本に帰らなきゃならなくなって、由利と別れなきゃならない」

この言葉はいつも由利を傷つける。別れが近い、ということがショックなのではない。その反対のことを一度も祐一が口にしないからだ。

「〝KIZAEMON〟をどうしても成功させたい。そして由利と結婚するんだ」

と祐一が一度でも言ったことがあるだろうか。いや、なかった。

ある日耐えかねて言ったことがある。

「それって何？　すっごく私のことを馬鹿にしていると思う。店が駄目だったら別れよう、って、それなら私は何なのよ。祐一がパリに来ている間の遊び相手じゃないの。そうじゃないってずっと思い続けてきたけど、パリにいる間、お相手していた女っていうことじゃないの」

「そうじゃないよ、そうじゃないってば」

祐一はあわてて由利の肩を抱く。そのあわて方で、由利は彼のことを少し信じてもいいかと思ったりする。

「由利のことを遊び相手だなんて思ったことはないよ。本気だよ。もちろん最初から本気だった。だけど僕は親父と約束したんだ。いいかげんな気持ちで、パリに女をつくらないってね」

〝オンナ〟という言葉が、再び由利の心をひっかいていくが、祐一は気づいた様子がない。

「〝KIZAEMON〟をちゃんと成功させたならどんなことをしてもいい。だけどその前に、女だ、結婚だ、なんて言っても認めない、ってさんざん言われたんだ。だから僕は本当に頑張って、親父に僕たちのことを認めてもらうつもりだった。店がうまくまわり出せば、きっと由利とのこともOK出してくれると思ったんだよ。僕は今、すごく焦っていてつらいんだよ。そこのところをわかってくれよ」

これが祐一の最後の饒舌《じょうぜつ》だったかもしれない。このところ彼は店のこととなると、ぴったりと口を閉ざす。「KIZAEMON」のことにはもう触れないでくれ、と言わんばかりだ。日本から副社長をしている伯父《おじ》と専務がきて、今後のことを話していったというのも、由利はマダムから聞いた。

パリの日本人たち、特に飲食関係の人々は驚くほど強い情報網で結ばれている。

オペラ座近くの日本人店街で起こったことなら、その日のうちにマダムの耳に入るくらいだ。

「余計なことやと思うけどなァ、商売っていうのは引き際も大切やわ。私らは日本で同じことがあったからよくわかるワ。せっかくパリで〝KIZAEMON〟っていう店つくって、いっときは大変な話題になったんやからね、閉める時はカッコよう閉めてほしいなぁ」

「KIZAEMON」と、自分たち二人のことを、パリ中の日本人たちが様子を窺《うかが》っている。同情しているふりはしているが、たぶん面白がっているのだろう。が、もうここまで来たら仕方ない。見せられるところまで見せてやれ、という気持ちにいつしか由利はなっていく。

シテ島に行く時はいつも雨が降っている。晴れた日もあったかもしれないが、雨の日の記憶しかない。

雨が降ると空車のタクシーは減り、運転手はとたんに横柄になる。チップを少々はずんでも、降りる際にひと言もない。

シテ島は陰気な街だ。すべてが灰色の石で出来ている。旧《ふる》い商店街が続いているが、年寄りがまばらに歩いている程度だ。この街に雨はよく似合う。橋の上が雨にけぶって、ゆきかう人もいなくなると、そこは昔の白黒の映画の世界だ。この街に、フランス人の監督と結婚した日本人のかつての大女優が住んでいるのも当然かもしれなかった。

橋のたもとに、パリで一、二を争う鮨屋がある。カウンターにテーブルが四つだけの店は、高いのとわかりづらい場所にあるため観光客はめったにやってこない。由利は橋口渚と向かい合って、アルザスの甘めの白ワインを飲んでいる。渚はカルヴァドスだ。この店にリンゴのブランデーなど置いてないはずだから、渚が持ってきたに違いない。

鮨屋の主人に、

「おとうさん、お願い。これ、ボトルキープね」

などといつもの甘ったるい声で頼んだのだろう。

渚は二年前にパリにやってきて、そしてここの日本人の人気を独占してしまった。赤坂の売れっ子芸者だったのだが、

「ある日、別の人生をやりたくなって」

パリにテキスタイルの勉強にやってきたのだ。もともと語学の才能があったのか、短い期間でフランス語をマスターした。今は知り合いのアトリエに出入りする毎日だが、同時に華やかな社交生活もおくっていた。日本から有名人がやってくるたびに、一緒に三ツ星のレストランや郊外のシャトーに遊びに出かける。一流どころの芸者の威力はたいしたもので、有名料亭の女将《おかみ》が、大使に彼女のめんどうを頼んでいるという噂だ。大使館のパーティーで渚を見ない時はない。

小さなうりざね顔に、切れ長の目という典型的な日本美人だが、着物と決別したとかで短いボブにしている。全く染めていない黒い髪が、オリエンタルな美女を演出していた。

何かと口うるさい居酒屋のカツさんでさえ、

「あんないい女は見たことがない」

と手放しで誉めるほどだ。

「あの女優さんもすっかり年とっちまったし、渚ちゃんがいまパリでいちばんの美人だな」

女性客を相手に失礼なことを言う。真白い肌と黒い髪とがつくり出す妖艶《ようえん》さは、女の由利でさえハッと息を呑《の》むほどだ。留学にあたっては、渚の〝旦那〟になる財界の大物が力を尽くしているということだが、賢い彼女は何ひとつ言わない。

花柳界《かりゅうかい》式に、パリの店のマダムや店の主人たちを「おとうさん」「おかあさん」と呼んで、すっかり彼らの心をつかんでしまった。

実は渚は芸者時代からの由利の上得意だった。パリに遊びにくる時は、しょっちゅう店に寄って、プレタポルテの洋服を買ってくれたり、バッグをオーダーしていってくれたものだ。〝旦那〟と目される男と二人で来たこともある。かなりの年の肥満した男は、顔を隠すためかサングラスをかけていたが、少しも似合っていなかった。いつも無理なオーダーをきいてくれるからといって、渚はパリに来るたびによく豪華な夕食をおごってくれたものだ。どうせ由利のことなど本気で聞いていないとは思うのだが、三年前は留学に関して、さまざまな質問がメールでとびかった。

「ユリちゃんは私の恩人よ」

そう言って渚は由利の手をとる。

「あの時、ユリちゃんが私を励ましてくれなかったら、私、とてもパリに来る勇気なかったと思うの。ユリちゃんが私に、エイ、ヤッて飛び箱を飛ばしてくれたんだわ」

語尾はねっとりとからみつくようで、握られる指は長く冷たい。「本当かしら」と思うものの、由利は渚にすっかり酔ってしまったようになる。そして男たちが渚に夢中になるのも仕方ないと思う。

一時期、渚と祐一との仲を疑ったことがある。やれ、二人がシャンゼリゼのまずくて有名な回転鮨にいたとか、フォーシーズンズホテル・ジョルジュ・サンク・パリのティールームにいたとか、いろんな話が伝わってきたものだ。そのたびに渚に笑われてしまった。

「もー、ユリちゃんったらヤキヤキしちゃってぇ」

そう笑うと渚の細い目は、色気というよりもぞっとするような淫蕩《いんとう》な色に染まる。

「ユウちゃんのお父さん、東京にいらした時は、時々は赤坂で遊んでくださったから、私、昔からよく知ってるのよ。私がパリに来てるって知って、息子をよろしくってお手紙いただいたの。それにさ、私」

ふふと流し目をくれた。

「カレがちゃんといますからご心配なく」

その渚から、久しぶりに食事をしようという誘いがあったのだ。どこか気軽なビストロでもと思ったのだが、渚が指定してきたのは鮨屋だった。ここだと日本人が多く、カウンターの中の主人にも聞かれそうで、こみ入った話は出来ない。それがわかっているのか、渚はどうでもいいような噂話ばかりする。

赤坂時代からずうっと可愛がってもらっていた有名作家が、このあいだ取材のためにパリにやってきた。えらい作家の取材旅行というのは、あんなにすごいものなのかしら。秘書がひとり、出版社の男がひとり従いてきて、泊まるところはプラザ・アテネ。まさに大名旅行ね。フランス料理のお好きな先生のために、毎晩のように三ツ星を予約したわ。今日はアラン・デュカス、明日はアルページュ、っていう風に毎晩ご相伴していたら、私もすっかり太ってしまった……。

そんな話を身ぶり手ぶりを入れて喋《しゃべ》る。いつもならすっかり渚のペースにはまってしまい、それが心地よい由利だが、今夜はそうはいかない。何かもっと別の話があるのだろうと、ワインを何杯飲んでも、体のどこかが固くこわばって醒《さ》めているのだ。

「それでね、ついに閉めるみたいね」

唐突に言った。

「来月の末でクローズすることになったみたいよ、〝KIZAEMON〟」

「えっ」

言っていることがすぐには理解出来なかった。というよりも、渚がどうしてこれほど断定的な口調になるのかがわからなかった。

「どうして……、そんなこと知ってるの」

「ユウちゃんが話してくれたのよ。日本からこのあいだは伯父さんと専務が来て、先週はいよいよお父さんが来たらしいわ。それでユウちゃんも観念したみたい」

驚きと屈辱とで吐き気さえこみ上げてくる。さっき食べた地中海産の鮪《まぐろ》をこのテーブルの上に吐き出したら、いったいどんな騒ぎになるだろうか、とさえ思う。

そしてそんな由利の表情を渚が気づかないはずはなかった。

「ユリちゃん、怒らないでよ。あのね、ユウちゃん、どうしても言い出せないのよ。わかるかなぁ、男の意地っていうやつよ。いま、あの人、人生で初めての挫《ざ》折《せつ》っていうのを味わっていると思う。その瞬間を、どうしても好きな女に見られたくないの」

「そんなのってあるかしら……」

やっと言葉が出た。

「いちばんつらい時に話してくれないって、それなら、私っていったい何なのかしら」

「ユリちゃん、わかってあげてよ。あのね、〝KIZAEMON〟を閉めるっていうことは、ユウちゃんにとってものすごいショックなのよ。もしかしたら彼の人生を変えてしまうようなことになるかもしれないの。だからね……」

六歳年上の、元売れっ子芸者の口調はあまりにもなめらかで、由利はやっと気づいた。「KIZAEMON」閉店をきっかけに、祐一は自分との別れを決めた。それを渚を通じて自分にそれとなく知らせているのだ。何て男らしくない男なのだろう。それ以上にデリカシーのかけらもない。別れたい旨を、他の女から告げられる女の口惜しさ、敗北感などがまるでわからない男なのだ……。

が、この表情も渚に読まれてしまった。

「ね、誤解しないで。私、ユウちゃんに別に頼まれているわけでも何でもないのよ。ユウちゃんは、本当にユリちゃんのことを思っているから、心配をかけたくないだけなのよ。ユリちゃんを悲しませたくないと思って、今、彼、必死なの、私がちょっとお節介やいていろいろ言ったけど、ね、気分を悪くしないで頂戴よ。私、ユリちゃんに嫌われると困っちゃうから」

「そんなこと、わかってる」

由利はカウンターの中にいるアルバイトの、ベトナム人の女の子に、ラディッシオンと叫んだ。

「いいわよ、今夜は私が呼び出したんだから、私に払わせてよ」

「いいの、いいの。今夜おごってもらうわけにはいかないわ」

二人でかなり飲んだせいか、勘定書にはかなりの額が記されていた。現金で割勘にしようと思ったが、とても払えない。由利はカルト・ブルーを差し出して言った。

「半分に割ってこれで払ってね」

そして渚に向かって、「チップの分はお願い」と言った時には、かなり酔いがまわっていたかもしれない。

店を出るともう雨はやんでいたが、案じていたとおりタクシーがまるでつかまらず、由利はメトロに乗ることにした。夜になったらメトロには乗らない、という日本人は結構多いけれども、よほど夜遅く乗らなければ、そう怖いめにはあわないはずだ。途中で、いかにも悪そうなジプシーの親子が乗ってきたので、由利はバッグを固く胸に抱いた。心がこんなに放心していても、体はすばやくパリに住む人間の体勢を整えるのが不思議だった。

　四号線のメトロでサンジェルマン・デ・プレで降りた。祐一のアパルトマンは、カフェ・ド・フロールの近くにある。人気のエリアにある部屋は百平米あって、家賃はなんと四千ユーロだ。由利のまわりで、こんな豪華な部屋に住んでいる者はいない。

「仕方ないよ。親父とか、会社の誰かが日本から来た時は泊まるんだから」

　という祐一の言葉をふと思い出した。祐一と会ったのは先週のことだ。父親が来たのはその後のことだろうか。祐一は何も言わなかったが、もしかすると部屋に泊まっているのかもしれない。

　ル・ボン・マルシェのバーゲンで買った、型押しのクロコのバッグの底から、由利は鍵束《かぎたば》を探しあてる。

今、するとしたらふたつのうちひとつだ。

祐一の携帯にかけ、父親が来ているかどうか確かめる。もうひとつはこのまま合い鍵で入り、父親と鉢合わせをするという冒険をおかす。そして自分という女の存在をはっきりと教える。

「私はあなたの息子さんの恋人です。この三年間、あなたの息子さんを支えてきました。私がいなかったら、このパリの街で暮らせなかったと、息子さんは言ってくれました」

そんなことが自分に出来るだろうか……。由利は鍵束からひときわ重たい鍵を選び出し、同時に携帯をつかんでいた。

「もし、もし……」

「ああ、僕だよ」

後ろに人々のざわめく声が聞こえてくる。

「いま、お店なの」

「さっきまでいたけど、お客さんに誘われてワインバーに来てる」

「じゃ、部屋で待ってる」

「わかった」

ボタンを押す。どうやら父親は帰った様子だ。由利は通りからひとつ入った、十九世紀に建てられたアパルトマンの、それだけは最新のエレベーターに乗る。白々とした蛍光灯の中、由利はふとこうして五階へ昇っていくのは最後になるような気がした。

そうだ、ずっとわかっていたことではないか。パリには二種類の男がいる。いつかは帰る男と帰らない男とがいる。そして帰る男は、決して自分を連れてはいかないのだ。離婚の経験があり、フランス語を操りながら高級ブティックに勤める女は、ずっとパリにいるものだと思い込んでいる。自分の選び出した人生に満足していると信じている。

「そんなことはない……」

思わず口に出して言ってみた。それならばどんな人生を望んでいるのか。祐一と結婚し山形の造り酒屋のおかみさんになることなのだろうか。そんなことは到底出来るはずもないと思い、また案外自分に向いているような気もする。いずれにしても由利が願っているのは、男の激しい「愛」というものが、自分の運命を大きく変えることだ。そうしたらこのうえなく従順に従いていこうと思う。が、未だかつて、そんなことが起こったことが一度でもあったろうか……。

祐一の部屋には飲みかけのワインがあり、それをグラスに酌《つ》いで飲んだ。どういうことはないボルドーだったけれども、栓を抜いてから随分たったのが幸いして、とてもまろやかになっている。グラスに二杯ほど飲んだら、瓶が空になった。もの足りない気分になり、今度はもっといいランクのものを一本抜いた。これをあらかた空けたところに、祐一が帰ってきた。ディオール・オムの紺色のコートは、由利が見立ててやったものだ。恥ずかしい、と言って、彼は由利の店で買物をしたことはない。

「かなりご機嫌だね」

二本空になった瓶を見ながら祐一は言ったが、それに皮肉の口調はない。もともとそういうことは言えない男なのだ。なによりも彼自身もとても酔っていた。

「どこで飲んでいたの」

「サンセール」

「ふうーん」

「みんなパリに来たからって、すっごく高いものぱっかり飲むな。どうせなら、うちで飲んでくれればいいのにって、思うけど」

「ねえ、〝KIZAEMON〟、閉めるんだって」

「ああ、このあいだ親父が来て、最終決断をしていった」

「どうして私に言ってくれなかったの」

「言ってもどうなるもんでもないしさ」

祐一はどさりとソファに座る。由利と知り合う前に買ったソファは、緑色の大きなイタリア製だ。自分が一緒だったら、こんなおかしなものは買わせなかったのにと由利は思う。

「今店を閉めると、日本円にして三千万近い赤字になる。高い勉強代だったなって、親父にさんざん言われたよ……」

そのソファに座っていた男が目に浮かぶ。一度だけ写真で見たことがある美しい銀髪の男。その男はさまざまなことを口にしただろう。女はいるのか、金で解決出来るのか。すっきりして日本に帰ってくるんだぞ……。

「だから別れるつもりなんでしょう」

その言葉がするりと出た。祐一は何も答えない。不貞腐《ふてくさ》れたように天井の方を向く。黒いタートルのニットはエルメスだ。これは昨年のノエル、由利が贈ったものだ。もう二度のノエルを二人で過ごした。客が帰り、従業員も帰した「ＫＩＺＡＥＭＯＮ」のいちばん奥のテーブルで、二人でシャンパンを飲んだのは、おとといしのノエルだった。

来月のノエルの時、「ＫＩＺＡＥＭＯＮ」はまだあるのだろうか。クローズされているかもしれない。そして由利は独りになる。何番めかの男を日本に送って、由利は再び独り残される。この異国の地で。

「連れて帰って」という言葉を、今まで誰にも言ったことがなかった。が、祐一は違う。由利は息を吸って言葉を吐く。「連れて帰って」というのとは違う言葉。

「ねえ、一緒に死のう」

「えっ」

祐一はこちらを見る。何を言っているのか全く理解しない呆《ほう》けたような表情。それを強くゆさぶってみたい。

「もうあなたは人生に失敗したのよ。大借金をつくって、お店はパー。もうあなたは生きてたって仕方ないんだし、そんなあなたに捨てられる私も、生きてたって仕方ないんだから、ねえ、一緒に死のうよ」

由利はキッチンに入った。ガスの栓を着火させないようにしてまわす。そして引き出しを開けて、「キュリナリオン」で由利が買った包丁を取り出した。砥《と》いだことがないからそう光ってはいない。しかしこれが自分の胸に刺さることを考えて、由利はうっとりする。きっと祐一も喜ぶことだろう。

柄を持って刃を先に向け、居間に戻ると、「おおっ」とソファから声が上がった。

「お前、何するんだ。冗談でも馬鹿なことすんなよ」

「冗談じゃない。私、本当に死ぬつもりなんだから」

「ユリ、お前、酔ってるだろ。あ、ガスがにおう。おい、やめろ。本当にやめろよ」

祐一が少しずつ近づいてきた。二人は睨《にら》み合う。その時、由利の口からまた言葉がこぼれる。

「夢なんかじゃない」

そう、夢なんかじゃなかった。店にやってくる日本人客たち。ちょっと知り合いの、そのまた知り合いの女たち。バッグやスカーフを十ユーロでも負けさせようと意気込んでくる女たちは由利に世辞を言う。パリで暮らすなんて素敵ね。言葉が出来たら私もやってみたいわ。パリに住むのって、昔からの夢だったんでしょうね。

「夢なんかじゃない」

夢というのはもっと先にあるものだ。今、自分が手にしているものが、どうして夢であるものか。しかし、その夢が何なのか、どうしてもわからない。わからないから由利はとりあえず死ぬしかないのだ。

「バカ、やめろ」

手首に強い衝撃を感じた。包丁を振りはらわれていた。

祐一に肩をつかまれ、大きくゆさぶられている。

「おい、しっかりしろ。ちゃんと正気になれよ。おい、おい」

そしてキッチンに駆け込む気配と、窓を開ける音がした。十一月の冷たい空気が由利の頰にあたる。

ああ冬だ、と思った。男はどうして冬に去っていくのだろう。いつも夏ではない。独りで冬のつらさをたっぷりと味わえということなのか。

けれど、また明日からいつものように売り場に立つだろう。そして自分の月収ほどのバッグやプレタポルテを売っていく日々が続く。その間に「ＫＩＺＡＥＭＯＮ」は姿を消すのだ。この世にあるものはすべて消えていき、記憶だけが残る。けれど記憶がいつも人を苦しめるのだ。

今はそんなことは耐えられそうもない。ああ、どうしたらいいのだろうかと由利は、床にくずれ落ちた。窓を開ける音は今も続いている。

私にこの話をしてくれた由利は、今でも日本人が大好きなある高級ブティックに勤めている。ある日二人で飲んだ時、

「あの夜、どうしてあんな気分になったのかわからない」

と、この心中未遂の、そのまた以前のような出来ごとを喋ってくれた。祐一はあの後日本に帰り、東北の名家の娘と結婚したそうだ。

「KIZAEMON」の名を、今もパリの人々がよく口にするのは不思議である。三年余りで潰《つぶ》れてしまった、とても贅沢《ぜいたく》な店として、今や伝説と化しているらしい。伝説といえば、由利が彼に包丁をつきつけた事件は、一週間たたぬ間に、パリの日本人たちに知れわたっていたらしい。

「いったい誰が喋ったのかしら」

と由利は不思議がっていた。

# あとがき

「林さんの書く小説は、本当に後味が悪い」

とよく言われたものだ。登場してくる女性が、実に意地悪く嫌な感じというのである。ある評論家からは、

「林真理子は、男が女に抱いていた幻想をことごとくうち砕いた」

と書かれたことがある。

が、私は本当にそうだろうかと思う。世の中に本当に善良で純粋な女性がいるのかと不思議でたまらない。それどころか女性が嫉妬や猜疑心にとらわれた様に、いちばん女性らしさを発揮するような気がするのだ。

ワイドショーや新聞を読んでいると、嫉妬にかられた女性が、相手の男性を刺したりする。そうでなかったらストーカーになったりする。道義的には許されないことでも、私は一抹の羨望を禁じ得ない。それほどたっぷりした

愛情を相手の男性に向ける女性というのは、女らしさもたっぷりと持っているのだろう。男が嫉妬深い女のことを、困り果てているふりをしながらも好きなのもそのためだ。

そこへいくと、女から女へのまなざしの残酷さ、嫉妬の凄さというのは、男と女のそれよりももっと陰湿である。よく「女同士の友情はあり得ない」という言葉があるが、百パーセント否定する気にはなれない私だ。

「生ぐさい時をへて、また復活することもある」

というのが正しいのではないかと思う。

それよりもある女性作家が書いた

「女は自分の弱みを絶対女に話さない」

という方が正しいような気がする。

「弱みを話すと、いつか寝首をかかれる」

そうだが、これには笑ってしまった。本当に正しい。

が、こうした女と女のいやらしさというのも、小説の題材としてはうってつけなのだ。昔からいくつもこの種類の小説を書いてきた。ここに収録した小説のうち初期のものは、私がまだ若く、リアルタイムでいろいろなことを感じることが出来た時代のものだ。というわけで、稚拙な印象は免れない。初々しい、といえばいえないこともないが、冗長である。

そこへいくと、後半の二つの小説の怖さといったらどうだろう。自分でこんなことを言う愚かさを重々わかったゆえにあえて言うが、作家というのは、なんと短時間で成長するものであろうか。とても同じ作家が書いたとは思えない。書きっぷりがまるで違う。

男と女のぞっとするような本質が、やっとわかってきたという感じがする。私生活では変わらずだらだらと過ごしてきたが、小説を書くという作業は、ある種の能力をいつか与えてくれるようだ。それは人間の内面をあぶり出し、えぐり出す能力である。やはり作家というのは特殊な職業だとつくづく思う。

# 解説

内館牧子

私が二十代の頃、社外サークルでA子というOLと知り合った。

数年後、A子は、同じサークルのメンバーと婚約した。その頃、私はすでにサークルをやめていたが、彼のことはよく覚えていた。卒業大学も勤務企業も「超」のつく一流で、家庭環境も図抜けており、嘘くさいほどのエリートだった。おそらく、サークルの女性メンバーは、私以外は全員が彼を狙っていたと言っていいだろう。私はまったく好みではなかった。ヒョロリとして弱々しく、胸はアルミシャッターのように薄く、張り手一発で土俵の外に吹っ飛ぶような男だった。いくら良家のエリートでも、私はゴメンである。

そんなある日、婚約したA子から私に電話がかかってきた。そして嬉しそうに言う。

「何でかなァ。女たちがみんなアタシに冷たいの。仲間外れにするし、口をきいてもツンケンしてるのよ。ねえ、何でかなァ」

A子は幾度となく「何でかなァ」と繰り返したが、そんなことは本人が一番よくわかっているはずだ。ただ、私の口から「あなたが彼と婚約したから、みんな嫉妬してるのよ」と言わせたいのである。それはA子にとって、幸せに陶酔する薬のようなものだ。

しばらくたったある夜、同じくサークルの仲間だったB子から電話があった。

「ちょっと聞いてよッ。A子ったらC子を呼び出して、わざわざ婚約を伝えたのよ」

C子はかつて、A子の婚約者とつきあっていたが振られた。そして、そのショックから立ち直れず、サークルをやめた。B子はまくしたてた。

「そのC子に、何も彼と結婚するって報告する必要はないでしょッ。私たちが怒ったら、A子、何て言ったと思う?『だって、これでC子さんは彼を完全に吹っ切れるでしょ。』って、こうよ。サークルをやめて欲しいわッ」

しかし、A子はやめなかった。C子への行為により、サークル内でさらに孤立し、完全に無視を決めこまれたのにだ。むろん、婚約者や男性メンバーは優しく接してくれたとはいえ、女をすべて敵に回しても、A子は平然とサークルを続けた。そして、相変わらず私に電話をして来ては言う。

「ねえ、何で？　もうこの頃は針のムシロよ。アタシ、何か悪いことした？　ねえ、教えて。アタシ、何も悪いことしてないよね」

　ムシロの針が鋭くなればなるほど、A子は自分には不釣合いなほどの幸せを手にした事実を確認できるのだ。サークルをやめるはずがない。事実、A子は学歴も低く、家庭環境も経済状態もよくはなかった。結婚できずにいる女たちにしてみれば、「どうして、あんなA子が…」となるのは当然だ。女は自分も十分に幸せならば、嫉妬しないものである。

　本著には「作家林真理子」の才気と鋭さが、細部に宿っている。

「嫉妬」という場合、たとえばストーカー行為や無言電話や、あるいはアメリカ映画のように家族を誘拐したり、車で轢き殺そうとしたり、多くはそれらをして「女の嫉妬は怖いなァ」と言う。しかし、それは犯罪の怖さであり、嫉妬としては大味だ。そして、それらが新聞記事になることからもわかる通り、犯罪に進む女は全体から見たら稀有である。

　嫉妬において、そんな大味なストレートな行為には、女の怖さはない。

淡々と過ぎていく日常の中で、本当に怖く、そして女の本性が出るのは、本著で林さんが描いているような細部であり、嫑なのだ。鋭い針を真綿でくるみ、それと知られぬように毎日少しずつムシロに座らせる。ボクシングでいえば、強烈なカウンターやストレートをぶちこまず、小刻みなジャブを小さく打ち続け、相手にダメージをあたえるやり方である。

それは「エイプリル・フール」にも「女ともだち」にも出ている。「エイプリル・フール」の岩瀬初美の行為は、まさにA子がC子にやったことと同じであり、私は本著によって、何十年も忘れていたA子を思い出した。そして、初美の嫉妬がらみのハイテンションが、鮮やかにA子と重なった。女の細部にひそむ心理は、時代を超えている。そんな数々を林さんは鮮やかに暴き出した。

また、これもボクシングと同じで、ジャブを繰り出して優位に立っていた側が、相手のワンパンチで倒されることもある。「エイプリル・フール」でも「女ともだち」でも「お帰りなさい」でも、それはわかる。この逆転劇に至るまでの複合的な伏線と双方の心理のからみあいは、林真理子という作家の凄みを感じさせる。

私は林さんと個人的にも親しいが、彼女は決して人間観察に鋭く目を光らせているタイプではない。むしろ無防備で、損な役割を引き受けさせられるような愛らしさがある。それがペンを持つとこの凄み。圧倒される。

ところで、今、A子はどうしているのか。本著がきっかけになり、私は気になってB子に何十年ぶりかで電話をしてみた。B子は言った。

「ああ、A子ならダンナは早いうちに出世コースを外れて、子会社を転々としたって。今はどっか死ぬほど遠い郊外に建て売りを買って、ローンに追われてパートらしいよ」

そしてケロッと言ってのけた。

「こうなるってわかってりゃ、誰も嫉妬しなかったのにさ」

人生は先がわからないから、その時点で燃えるように嫉妬する。そして、それは女を磨く。それも本著の女たちが示している。


（作家）

# 出典

『エイプリル・フール』――「失恋カレンダー」角川文庫
『女ともだち』――「胡桃の家」新潮文庫
『スチュワーデスの奈保』――「茉莉花茶を飲む間に」角川文庫
『お夏』――「着物をめぐる物語」新潮文庫
『お帰り』――「初夜」文春文庫
『ＫＩＺＡＥＭＯＮ』――「パリよ、こんにちは」角川書店

ポプラ文庫好評既刊

# 秘密

Hayashi Mariko Collection 1

林 真理子

「なんて下品なの。たった五人しかいないテーブルなのに、寝たカップルが四組もいるのよ」二つのカップルと一人の女。恐怖の晩餐会の幕が上がる——(「土曜日の献立」)。〝秘密〟をテーマに八つの作品を選び出した、恋愛小説の名手が描く珠玉の短編集。

解説/唯川 恵

# 東京

Hayashi Mariko Collection 2

林　真理子

豪壮な邸宅が並ぶ高級住宅街の一軒家に下宿することになった健と真由美。家の一階に住む政代の、東京に住む人間特有の驕慢さが次第に明らかになっていく……（「東京の女性」）。煌びやかな「東京」に息づくリアルな人間模様を切り取った傑作短編集。

解説／柴門ふみ

ポプラ文庫好評既刊

# 結婚

Hayashi Mariko Collection 3

林 真理子

同僚の結婚式に、白いドレスを着てきてしまった晶子。人妻でありながら、淡いアバンチュールに身を焦がすマチ子。農家に嫁いできた前田君のお嫁さんには、誰にも言えない秘密が――。色あざやかな結婚模様を、生き生きと描いた贅沢な短編集!

解説/酒井順子

ポプラ文庫好評既刊

# 冬のひまわり

五木寛之

夏が巡るたび、深まる想い――。20年にわたる男女の愛の軌跡を、透明なタッチで描いた恋愛小説『冬のひまわり』（改訂新版）と、古都・金沢を舞台に、若き日の恋を描く珠玉の名作『浅の川暮色』の2編を収録。
解説／唯川 恵

ポプラ文庫好評既刊

# 人間の関係

五木寛之

親子、兄弟、夫婦という人間関係の基本から、友情、恋愛、人脈など、いまこわれかけている人間の関係をどう回復するか。新しい希望はどこにあるのか。明日に生きる力を見出すために、はじめて著者自身の体験を告白しつつ書き下ろした全13章。巻末に「著者からのメッセージ」収録。

ポプラ文庫好評既刊

# 哀しみの女

五木寛之

年下の恋人・章司と暮らす和実は、異端の画家エゴン・シーレの作品「哀しみの女」に強く惹きつけられる。描かれているのはシーレのモデルで愛人だったヴァリー。この女性の人生に、和実は自分の運命を重ね合わせていく。大人の女の愛を描いた恋愛小説。

解説／中村とうよう

# 白夜1

渡辺淳一

「なぜ、医師から作家になったのか」そんな〝大いなる転進〟に答えたのがこの『白夜』（全5巻）である。医学部へ進み、作家の道へ踏み出す20歳から35歳までの青春の戸惑い、悩みなどの心の軌跡を描いた自伝的大河小説の第1弾。

ポプラ文庫好評既刊

# 白夜2

渡辺淳一

国家試験に合格し、その後派遣された炭鉱病院で、医師としての道を歩き始めた高村伸夫。落盤事故での死傷者の連続、また危篤患者の手術など、生死に直面する日々が続いた。新米医師の驚きと感動のドラマ！

ポプラ文庫好評既刊

# 白夜3

渡辺淳一

国家試験に合格し、新米医師としての生活をスタートさせた高村伸夫が、大学院で博士の学位を取得するまでの物語が綿密な記述と迫真の筆致で描かれた自伝的大河小説第3弾！

ポプラ文庫好評既刊

# 白夜4

渡辺淳一

医学博士の学位を取得した高村伸夫は、一人前の整形外科医になるために温泉地の病院に出張する。2ヵ月後には亮子というナースと親しくなるが、札幌の医局には和子という魅力的なナースとすでに深い関係になっていた……。